A Maças Douradas do Lago Erne

e outros contos celtas

Roteiros DeLeitura

Para escolas e educadores, a editora oferece um roteiro de atividades – especialmente criado para cada obra – que pode ser baixado através do site www.aquariana.com.br.

Coleção Contos Mágicos

A Maças Douradas do Lago Erne
e outros contos celtas

Texto, adaptação e apresentação
VILMA MARIA

1ª edição
São Paulo/2012

**TEXTO DE ACORDO COM
A NOVA ORTOGRAFIA**

Copyright © 2012 Editora Aquariana Ltda.

Coordenação editorial: Sonia Salerno Forjaz
Projeto gráfico: Antonieta Canelas
Revisão: Antonieta Canelas
Editoração eletrônica: Samuel de Jesus Leal
Capa |Ilustração: George Amaral
|Arte-final: Niky Venâncio

DeLeitura é um selo da Editora Aquariana Ltda.

CIP – Brasil – Catalogação na Fonte
Sindicato Nacional dos Editores de Livros, RJ

R489

Silva, Vilma Maria
   As maças douradas e outros contos celtas / texto, adaptação e apresentação Vilma Maria. 1 ed. São Paulo : Aquariana, 2012.
   128p. (Contos mágicos)

   ISBN: 978-85-7217-145-8

   1. Antologias (Contos celtas). I. Maria, Vilma. II. Forjaz, Sonia Salerno. III. Série.

12-5306.   CDD: 869.899677
                                   CDU: 821.135.4(67)-1(082)

18.06.12   23.06.12   010883

Direitos reservados:
EDITORA AQUARIANA LTDA.
Rua Lacedemônia, 87, S/L – Jd. Brasil
04634-020 São Paulo - SP
Tel.: (11) 5031.1500 / Fax: 5031.3462
vendas@aquariana.com.br
www.aquariana.com.br

Sumário

Apresentação, 9

As maçãs douradas do Lago Erne, 15

O lago do cavaleiro encantado, 33

A jornada maravilhosa de Cormac, 37

Elidore na Terra dos Felizes, 45

Lusmore na gruta dos duendes, 49

O rapto da filha do rei pelos duendes, 57

A enigmática fome do rei, 83

Os doze gansos selvagens, 93

A história dos filhos de Lir, 105

Sobre a autora, 124

Apresentação

A civilização celta é contemporânea do desenvolvimento da Idade do Ferro. Sabe-se que os celtas introduziram a metalurgia do ferro na Europa e se expandiram por quase todo o continente europeu. O seu domínio começou a declinar no sec. I a.C. quando Júlio César conquistou a Gália e no séc. I d. C. quando o imperador Claudio dominou a Bretanha.

A Irlanda e a Escócia foram as únicas regiões celtas que não sofreram invasão. Na Irlanda, a cultura e a tradição originais dos celtas só começam a alterar-se com a introdução do cristianismo no século V d. C.

Não há registros de uma escrita céltica. Suas lendas, histórias e feitos eram transmitidos oralmente pelos bardos, figura que tinha um importante papel na cultura celta.

São Patrício foi o responsável pela introdução do cristianismo na Irlanda e com ele veio também a escrita. Monges cristãos registram em textos as características e formas de vida dessa civilização anterior. A Irlanda era dividida em pequenos reinos, 150 tribos ao todo, denominadas na língua local "tuatha", que significa tribo ou povo, reunidas em torno de um rei ou chefe que os regia.

Os druidas eram a classe mais influente e poderosa. Além das práticas sacerdotais, dirimiam as diversas controvérsias entre os cidadãos e os grupos sociais. Mesmo a autoridade dos reis estava vinculada a eles.

A sua comunicação com o mundo invisível lhes dava conhecimento e autoridade para ajuizar sobre as questões sociais e determinar os destinos do povo. Tinham a exclusividade da interpretação dos sonhos, conheciam o poder das plantas, estavam investidos da clarividência e do poder mágico que os capacitavam a curar enfermidades da mente e do corpo e atuar como adivinhos.

Também atuavam sacerdotisas e magas que praticavam a arte da feitiçaria e desenvolviam poderes incomuns.

Foram os bardos que, em colaboração com os monges cristãos, ajudaram a dar corpo a uma literatura irlandesa dos tempos heroicos. Seus guerreiros e senhores, chefes poderosos que dominavam a terra e criavam fortalezas nos montes, foram pouco a pouco transformados em lendas.

Mitos e lendas, magia e mistério

Um relato celta conta que existe por aí o País dos Jovens. A idade e a morte nunca o encontraram, as lágrimas e as dores nunca ali chegaram. Um bosque cheio de sombras cobre-o perpetuamente. De acordo com muitas histórias, é a morada favorita dos duendes e das fadas. Alguns o chamam A Ilha dos Vivos, a Terra dos Felizes, A Terra da Eterna Juventude, O Outro Mundo, e muitos dizem que é um país submarino. Muitos viram essa região em vários lugares: alguns nas profundezas dos lagos, depois de ouvir um vago som de sinos que vem das águas; muitos, olhando do cimo dos rochedos, o viram longe no horizonte, mas desapareceu instantaneamente quando tentaram se aproximar.

Essa região mágica aparece em vários contos desta coletânea. Em As Maçãs Douradas do Lago Erne, o herói Conneda alcança um lago todo coberto de névoa. Entra nele com seu cavalo encantado e chega a um reino onde foi para cumprir uma missão desafiadora: buscar três objetos mágicos. O seu sucesso determinará o reequilíbrio de seu próprio mundo, conturbado por acontecimentos que podem destruir a felicidade que antes reinava. É um herói excelente e o seu cavalo mágico diz que ele merece obter o que foi buscar.

Em O Lago do Cavaleiro Encantado, temos também o mesmo cenário. É uma história típica que ressalta o maravilhoso. O cavaleiro que aparece ali cavalgando sobre as águas não morreu, desapareceu da vista de todos. Era um homem valoroso, príncipe generoso e sábio. A história sugere que ele foi para a Terra da Juventude Eterna.

Manannan, em A Jornada Maravilhosa de Cormac, é o Senhor do Mar. As ondas espumantes são os seus cavalos, e por isso é chamado também de O Senhor da Cavalaria Encantada. É o guardião da Terra da Eterna Juventude e guia aqueles que vão para lá.

Esse reino de magia e felicidade eterna não tem lugar definido. Ele parece existir em toda parte, sempre separado do mundo comum por um nevoeiro, ou passagem subterrânea, ou passagem subaquática.

Pode-se ver essa imagem em quase todos os contos desta coletânea. Em Lusmore na Gruta dos Duendes o personagem é levado por um turbilhão para dentro do fosso, onde ali receberá um prêmio.

É um traço típico dos duendes se moverem num redemoinho de vento. São criaturas travessas, gostam de brincar, dançar, tocar e cantar. É a gente animada do mundo encantado. Se ofendem facilmente e não gostam de ver sua música cantada por voz e lábios humanos inábeis. Dizem que as mais belas músicas da Irlanda são canções dos duendes coletadas pelos bardos. Ouvir sua música pode tanto fazer enlouquecer quanto pode promover qualquer bem que a pessoa necessite obter.

Lusmore é um personagem benigno e recebe os benefícios. Quando outro personagem vai à gruta em busca de encontrar o favor dos duendes, recebe em vez de benefício um acréscimo em sua infelicidade. Para os duendes ele demonstrou não possuir os atributos necessários ao prêmio. No pensamento celta, é preciso merecer a dádiva e os bens que o reino mágico oferece.

Em A História dos Filhos de Liré notória a influência do cristianismo. Nesse conto as práticas mágicas são substituídas pela prática cristã. Os filhos de Lir, transformados por magia em cisnes, retomam sua forma humana com a vinda do cristianismo e são batizados. A ideia que o texto sugere é de que o cristianismo vem resgatar um mundo povoado de paganismo e restabelecer a ordem que o mal desordenou. Nele se pode entrever como a escrita cristã tentou conciliar o mundo pagão com a nova fé. Configura-se também uma prática muito comum na época do avanço do cristianismo pela Europa. Um traço notável dessa prática é a mudança operada nos significados do paganismo. Essa ressignificação passa pela demonização do mundo pagão

***

As histórias proporcionam prazer, diversão e conhecimentos. Lemos e nos desligamos das nossas ocupações, tarefas e compromissos. Porque na história não agimos, quem age são os personagens e nós apenas observamos o seu agir, as suas lutas, os seus embates, suas tristezas e alegrias. Na história viajamos para outro mundo onde ficamos olhando os acontecimentos passarem diante de nós. E tudo isso funciona como um espelho de nós mesmos. Ler uma história significa muitas vezes ler também a humanidade. Traz conhecimentos preciosos para nossa vida e ajuda a viver melhor.

As histórias deste livro apresentam uma cultura antiga, falam sobre conflitos humanos e sobre os valores permanentes da vida. É um mundo vasto de ideias, imaginação, criatividade e aventuras fabulosas, um mundo muito diferente daquele que conhecemos e no qual vivemos. Na história também atravessamos a penumbra para entrar num mundo mágico que nos revela o que não vemos no mundo de cá.

Vilma Maria

As maçãs douradas do Lago Erne

No tempo em que os distritos ocidentais de Innis Fodhla[1] recebiam o nome da pessoa que tomava posse deles e só era mantido enquanto durasse esse domínio, um rei, vigoroso e admirável guerreiro, reinou nessa parte da ilha sagrada. Não existia ninguém capaz de competir com ele na terra, no ar ou no mar, ou de questionar o seu direito às conquistas. Seus domínios abrangiam toda a extensão territorial que ia da ilha de Rathlin até a foz do rio, sua orla e mar.

Esse antigo rei do oeste, de nome Conn-Mor, era tão bom quanto grande e, por isso, muito amado pelo povo. Eda, uma princesa bretã, era sua rainha e o complementava em todos os as-

---
1. Innis Fodhla: Ilha do Destino, antigo nome da Irlanda.

pectos. Uma boa qualidade que faltasse em um deles era suprida pelo outro. Os céus aprovavam certamente união tão promissora e virtuosa, pois em seu reinado a terra produzia colheitas exuberantes, nove vezes mais frutas do que o normal, os rios, os lagos e o mar eram extraordinariamente abundantes de peixes. Os rebanhos eram excepcionalmente fecundos, vacas e cabras produziam leite em profusão, uma bênção dos céus para os distritos ocidentais de Innis Fodhla, fruto da orientação pessoal de Conn-Mor e da condução de seu cetro com mãos benignas e justas.

É fácil imaginar que o povo, sob o domínio desse grande e bom soberano, era o mais feliz de toda a vasta Terra. Foi durante seu reinado, e o de seu filho e sucessor, que a Irlanda ganhou o atributo de "ilha feliz do oeste" entre as nações estrangeiras.

Conn-Mor e sua boa rainha Eda reinaram gloriosos durante muitos anos. Tiveram um único filho, bênção que receberam de sua vida venturosa. Em seu nascimento, os druidas vaticinaram que ele seria dotado das boas qualidades do pai e da mãe. De Conn-Eda o menino foi chamado, uma junção dos nomes de seus pais, para expressar esse perfeito e abençoado fruto, verdadeiro continuador de seus melhores atributos.

De fato, o jovem príncipe crescia e se evidenciavam nele não só suas qualidades gentis e benignas, como o grande vigor de seu corpo e bela constituição viril. Tornava-se o esplendor de seus pais, o ídolo e o esteio de seu povo. Era de tal modo amado e respeitado, que príncipes, nobres e povo não invocavam em seus juramentos nem o sol, nem a lua nem as estrelas nem os elementos, mas o nome de Conn-Eda.

Contudo, um acontecimento inesperado interrompeu essa fértil e abençoada ventura e um grande período de ameaça a esse feliz destino começou a tomar forma. A boa rainha Eda foi apanhada subitamente por uma grave doença, e a morte a levou em poucos dias. Marido e filho, nobres e todo o povo mergulharam em uma tristeza e luto profundos. Lastimaram a morte da rainha Eda por um ano e um dia, e a muito custo se consolaram do infortúnio que os atingiu.

No fim desse período, os druidas e conselheiros insistiram: estava na hora de Conn-Mor tomar nova esposa. Ele relutou quanto pôde, por fim aquiesceu, e tomou a filha de seu arquidruida por sua nova rainha. Por muitos anos essa nova rainha aparentava se conduzir como a boa Eda e tudo transcorreu com normalidade. Deu a Conn-Mor um filho e uma filha. Entretanto, com o tempo, percebeu que seus filhos não ganhavam estima igual à que o rei concedia a Conn-Eda, como também o povo o amava acima dos príncipes que ela dera ao reino. Previu que ele se tornaria o sucessor no trono, e que seu filho seria excluído. Isso lhe despertou um ódio e ciúme tão virulentos contra Conn-Eda, que ela tramou um plano para liquidá-lo e assegurar sua morte ou seu exílio perpétuo.

Ingênua, teceu intrigas maldosas contra o príncipe. Ora, era evidente que o seu veneno não podia produzir nenhum efeito. Conn-Eda se conduzia impecavelmente e seria impensável, tanto para o povo quanto para o rei e nobres, alimentar dúvidas sobre seu caráter. Ele tolerava as provocações da rainha com paciência e respondia à sua conduta com atos benevolentes. Essa atitude pacífica mais a espicaçou e o seu ódio só aumentava. Ela percebeu que a trama não resultara eficaz e que as suas intrigas jamais o prejudicariam. Diante dessa constatação, a sua inimizade por Conn-Eda avançou e a desassossegou de tal modo, que, como recurso para concretizar seus projetos, foi em busca de uma conhecida feiticeira.

— Não posso lhe oferecer nenhuma ajuda — disse a feiticeira — , enquanto a senhora não determinar a minha recompensa.

A rainha perguntou impaciente:

— O que você quer?

— Minha recompensa é a lã que couber na abertura de meus braços unidos mão com mão mais o trigo que couber na cavidade feita com minha roca.

A rainha consentiu:

— Terá sua recompensa imediatamente.

A feiticeira ficou à porta de seu celeiro, formou um círculo fechado com os braços levantados e mandou os criados reais jogarem a lã para dentro pela cavidade dos seus braços, até que todo o espaço disponível lá dentro ficasse preenchido. Subiu depois ao telhado, abriu com sua roca uma cavidade, mandou os criados jogarem trigo por ela até encher completamente o espaço disponível.

— Agora — pediu a rainha —, diga-me como posso realizar o que desejo.

— Convide o príncipe a jogar xadrez. Estabeleça que o vencedor poderá pedir o prêmio que quiser. A senhora ganhará o primeiro jogo. Imponha ao príncipe como prêmio que lhe traga dentro de um ano e um dia as três maçãs douradas do Lago Erne, o corcel negro e Samer, o cão de poderes sobrenaturais. Esses bens pertencem ao rei da Tribo Firbolg, habitante do Erne.[2] Se ele falhar, imponha-lhe o exílio. São bens tão preciosos e tão bem guardados, que nunca ninguém conseguirá obtê-los. Se ele tentar tomá-los à força, perderá a vida.

A rainha, satisfeita, correu para o palácio. Sem perda de tempo, convidou Conn-Eda para o jogo e impôs as condições que a feiticeira aconselhou. Ela ganhou o jogo, como estava previsto.

---

2. Os Firbolgs, acreditava-se, tinham seu reino sob as águas do Lago Erne.

Conn-Eda a desafiou para um segundo jogo sob as mesmas condições. Ela, certa de que venceria, aceitou. Para seu espanto e mortificação, Conn-Eda ganhou facilmente.

— Como você ganhou o primeiro jogo — ele disse —, tem o direito de impor seu prêmio primeiro.

— Como prêmio, quero que vá ao lago Erne e me traga dentro de um ano e um dia as três maçãs douradas, o corcel negro e Samer, o cão de poderes sobrenaturais que pertencem ao rei dos Firbolgs. Se fracassar, deverá ir para o exílio e nunca mais voltar, a menos que prefira perder a cabeça.

— Nesse caso — afirmou o príncipe —, o prêmio que lhe imponho é permanecer no cume daquela torre até a minha volta, comer apenas o trigo que conseguir pegar com a ponta de seu estilete e abster-se de qualquer outro tipo de alimento. Se eu não voltar no prazo de um ano e um dia, a senhora estará totalmente livre para descer.

Conn-Eda, sabendo que tinha pela frente um grande desafio, tratou de preparar-se para partir. Antes, quis presenciar a subida da rainha para o alto da torre onde, exposta ao sol inclemente do verão e às agruras do inverno, passaria a viver pelo período de um ano e um dia. O príncipe sabia que toda força humana era insuficiente para conseguir o corcel negro e o cão de poderes sobrenaturais. Não ia se aventurar em uma busca tão perigosa desprevenidamente. Era preciso consultar seu amigo, o grande druida, Fionn Dadhna, e tomou a direção da sua casa.

O druida o recebeu afetuosamente e os rituais de boas-vindas foram realizados. Trouxeram água quente e seus pés foram lavados para descanso e alívio da fadiga de tão longa viagem. Depois de sentarem à mesa e compartilharem da mesma comida e bebidas, as mais finas, Fionn Dadhna lhe perguntou que razão havia para o príncipe mostrar semblante tão triste. Conn-Eda relatou toda a história da disputa com a rainha e lhe falou da empreitada que estava obrigado a realizar.

— Senhor, de que maneira posso vencer esse desafio? — perguntou, desolado.

— É difícil dar uma resposta imediata em assunto tão grave — ponderou o druida. —Amanhã, vou me retirar logo ao nascer do sol e realizar os ritos druídicos. Hei de saber como poderá levar avante essa demanda com sucesso.

Efetivamente, logo que o sol nasceu na manhã seguinte, o druida se retirou e ficou longo tempo em seu recolhimento executando os passos mágicos de sua ciência. Voltou para junto de Conn-Eda e lhe falou:

— Meu filho, lhe impuseram uma tarefa muito severa e quem assim agiu teve a intenção de destruí-lo. A única pessoa no mundo capaz de aconselhar a rainha a impô-la é Cailleach, do

Lago Corrib, a maior feiticeira da Irlanda, irmã do Firlbog, rei do Lago Erne. Eu não tenho poder para interferir nessa empresa. Mas posso lhe dar uma orientação que lhe será da maior valia. Vá a Sleabh Mis em busca do pássaro de cabeça humana, o mais conhecido de todo o mundo ocidental. Ele sabe de todas as coisas passadas e presentes, e de todas as coisas futuras. Se alguma possibilidade de sucesso houver nessa busca, certamente é o único que poderá ajudá-lo. É muito difícil encontrar o caminho que leva a ele, mais difícil ainda é obter dele uma resposta, mas vou me empenhar em ajudá-lo nisso. Neste momento, é tudo que posso fazer pelo senhor.

O druida o orientou:

— Tome este cavalo e esta pedra preciosa. Deixe-o ir a rédeas soltas, livremente. Ele o conduzirá ao seu destino. Em três dias o pássaro ficará visível e, se ele se recusar a atender aos seus pedidos, dê-lhe de presente essa pedra preciosa. Ele lhe concederá o seu pedido, não haverá nem perigo nem dúvida sobre isso.

O príncipe agradeceu e montou no cavalo; recebeu a pedra preciosa do druida e, depois de se despedir, soltou as rédeas sobre o pescoço do cavalo, deixando-o livre para tomar o caminho que quisesse.

Foram inúmeras as aventuras que o príncipe e seu cavalo viveram pelo caminho. Mas importa reter o principal de sua busca: as três maçãs douradas, o corcel negro e Samer, o cão de poderes sobrenaturais, e nessa exclusiva aventura nos detemos. Importa dizer que o seu cavalo não era um animal comum. Durante a jornada, se revelou um cavalo mágico, possuidor, entre outras virtudes, do extraordinário dom da fala.

E seguiram caminho avante. Cavalo e príncipe, em igual sintonia e perfeita amizade, seguiam em busca do estranho pássaro e, no tempo determinado, ele lhes apareceu visível diante dos olhos. Conn-Eda lhe estendeu a pedra preciosa:

— Sigo em demanda das três maçãs douradas, do corcel negro e Samer, o cão de poderes sobrenaturais, e lhe peço que me aconselhe sobre um modo infalível de realizar essa façanha — disse e, enquanto assim falava, colocou em seu bico a joia.

O pássaro alçou vôo, foi pousar em uma rocha inacessível, a pouca distância, e entoou com voz humana:

— *Conn-Eda, filho do grande rei do oeste, remova a pedra que está sob seu pé direito. Verá uma bola de ferro e um cálice, pegue-os e monte em seu cavalo. Jogue a bola adiante, e seu cavalo o guiará em todos os passos seguintes* — e voou para longe.

Conn-Eda seguiu rigorosamente as instruções do pássaro. A bola foi rolando e o cavalo a seguiu. Quando alcançaram as margens do

Lago Erne, ela rolou para dentro da água e desapareceu.

— *Desça agora* — disse o cavalo — *, e tire da minha orelha o pequeno frasco de essência e a pequena cesta que estão ali. Não se detenha e monte rápido. A partir de agora virão os grandes perigos e dificuldades.*

Conn-Eda, sempre confiante em seu cavalo, fez tudo conforme ele ordenou, montou, e seguiram direto para o lago, envolto em uma espessa névoa. Entraram. A bola ressurgiu e recomeçou a rolar até chegar à margem oposta, onde um dique guardava três serpentes assustadoras. Ouvia-se o silvo dos monstros por uma grande distância. A boca aberta e as presas temíveis eram de aterrorizar o coração mais valente.

— *Abra a cesta* — disse o cavalo —, *pegue três pedaços de carne e ponha na boca de cada uma das serpentes. Não tenha medo, e dê-lhes tranquilamente a carne como se fosse para o seu cão amado. De seu destemor depende o nosso sucesso. Feito isso, segure-se firme na sela, saltaremos sobre essas bestas. Vá!*

Conn-Eda deu a cada serpente o seu pedaço de carne como se estivesse alimentando o seu cão.

— *Bênçãos e vitória para o senhor, meu príncipe! É um jovem que vai vencer e prosperar certamente!* — bradou o cavalo.

E, enquanto dizia essas palavras, deu um salto formidável voando sobre as serpentes tremendas. Foi pousar a sete medidas de distância.

— *Está firme em sua sela, meu senhor?* — perguntou.

— Empenhei só metade da minha força para não cair — respondeu Conn-Eda.

— *Penso que o jovem príncipe, meu senhor, merece ter sucesso; vencemos um dos perigos, mas ainda temos outros dois.*

Prosseguiram atrás da bola até chegarem a uma grande montanha em chamas.

— *Segure-se firme em sua sela, saltaremos sobre chamas* — alertou o cavalo.

O príncipe firmou-se na sela com todo seu vigor para enfrentar a temível travessia, e o cavalo com um potente salto ergueu-se no ar e voou como uma flecha sobre a montanha em chamas.

— *Está firme em sua sela, Conn-Eda, filho de Conn-Mor?* — perguntou o fiel cavalo.

— Firme, meu amigo, ainda que um pouco chamuscado.

— *Ah, certamente é um jovem dotado de bênçãos sobrenaturais! Dois grandes perigos já passaram e havemos de vencer o próximo e último grande perigo.*

Prosseguiram ainda um pouco e, a certa altura, o cavalo parou:

— *Desce agora, e trate suas feridas com o conteúdo do frasco.*

O príncipe obedeceu e, tão logo aplicou o conteúdo curativo, sentiu imenso alívio e ficou inteiramente são, as energias renovadas. Montou novamente e seguiram o rumo da bola. Logo avistaram uma grande cidade protegida por alta muralha. Não havia guardas defendendo a fortaleza. Em vez disso, viram duas grandes torres que emitiam chamas.

— *Desça* — disse o cavalo. — *Em minha outra orelha há uma faca. Pegue-a, me mate, esfole meu couro e se cubra com ele. Não será notado e poderá transpor o portão facilmente. Uma vez lá dentro, não haverá mais perigo, poderá ir e voltar livremente. Tudo que lhe peço é que, depois de entrar, volte para o meu lado antes de empreender sua tarefa e espante as aves de rapina que não tardam em vir me devorar. Não deixe que se alimentem de minha carcaça. Derrame algumas gotas da poderosa poção sobre mim para evitar a decomposição. Depois que fizer isso, se não lhe custar grande trabalho, cave uma vala e jogue meus restos nela.*

— De modo algum posso fazer o que me pede. É um insulto que faz aos meus sentimentos de gratidão e ao valor que consagro à lealdade — disse Conn-Eda, profundamente magoado. — Como príncipe, digo que, aconteça o que acontecer, mesmo a morte mais horrível e aterradora é preferível a sacrificar minha amizade ao interesse pessoal. Juro pelos meus estandartes que nunca violarei os princípios da humanidade, da honra e da amizade!

— *Meu senhor! Faça já o que estou mandando!* — ordenou o cavalo.

— Nunca, jamais! — retornou o príncipe, indignado.

O cavalo argumentou insistente:

— *Ó Conn-Eda, filho de Conn-Mor, grande monarca ocidental, se persistir nessa teima, digo-lhe que ambos morreremos. Engana-se mantendo esses valores a todo preço! Há horas em que o valor está no reverso das certezas que o pensamento concebe. Chegamos ao ponto mais importante da nossa jornada e, entre todas as minhas orientações, essa é mais importante. Se agir de acordo com minha orientação, verá que o resultado apresentará um aspecto muito diferente do que pensa. Acredite que, se teimar nessa decisão, causará uma tragédia pior do que a morte para mim.*

Diante do argumento poderoso e firme que o cavalo apresentava, o príncipe se rendeu. Ainda que lhe fosse doloroso matar o seu leal cavalo, tirou a faca da sua orelha, e, hesitante e trêmulo, preparou-se para rasgar a garganta do animal. Os olhos de Conn-Eda brilhavam de lágrimas, e seu esforço era terrível. Mas logo que aproximou a arma de sua garganta, ela penetrou cortante, como se impulsionada por algum poder mágico. Foi um breve instante, o valoroso animal caiu a seus pés e a morte logo o arrebatou. O príncipe, vendo que por suas mãos tinha matado o cavalo, dobrou-se de joelhos e chorou amargurado. Viu que tudo era irremediável, e o mais sensato era agir de acordo com a orientação dele. Muitas dúvidas e lágrimas ainda o consumiram por alguns instantes, mas era preciso obedecer, e começou a esfolar o animal. Poucos minutos durou esse trabalho terrível.

Já o couro estava separado do corpo, e o príncipe, tomado de grande consternação, envolveu-se nele. Ao sentir-se dentro da pele do animal, ficou tomado de uma grande perturbação. Mas tomou seu caminho e seguiu para a magnífica cidade. Ninguém o indagou ou o impediu e ele entrou livremente. Era uma cidade muito próspera e com uma numerosa população. Sua beleza, esplendor e fortuna não promoveram nenhum fascínio em Conn-Eda. Seus pensamentos estavam todos na morte inesperada de seu cavalo e sua perturbação o aniquilava, suplantava tudo que de belo e glorioso se oferecesse a seus olhos.

Já tinha avançado alguns cinquenta passos, voltou-se subitamente e, retrocedendo, atravessou de volta o portão. Veio-lhe à memória o pedido de seu amado cavalo. Incumbia-lhe caminhar de volta e, por um ato de amor, prestar ao morto os últimos serviços fúnebres necessários. Deparou, quando ali chegou, com uma horrível visão: corvos e outras aves de rapina preparavam-se para devorar o seu querido cavalo. Com terrível balbúrdia de gritos espantou todos e, sem mais tardar, untou com a poderosa essência os restos do animal. A poção agiu instantânea logo que tocou a carne exposta e, para espanto de Conn-Eda, começou uma imediata e misteriosa transformação. Os restos mortais do cavalo iam assumindo a forma de um belo e nobre jovem, coisa jamais imaginada, e, num instante, o príncipe se viu envolvido num grande abraço e inundado de lágrimas da mais completa alegria.

A surpresa e a emoção os detiveram longo tempo nesse amoroso abraço. Desenlaçaram-se, e o jovem disse:

— Nobre e grande príncipe, sou a mais afortunada criatura do mundo, pois o encontrei, meu senhor! Olhe para mim! Veja! Retomei a minha forma humana, já não sou um cavalo! O malvado druida Fion Badhna é que me manteve encantado. Esse encantamento começou a se desfazer quando o senhor o procurou em busca de orientação. Ele então foi obrigado a renunciar a mim e me libertar. Entretanto, não recuperaria minha forma humana antes de receber do senhor tratamento humano e gentil. Sou irmão do rei da cidade em que acabou de entrar. Foi minha irmã que aconselhou a rainha, sua madrasta, a exigir como prêmio o corcel e o poderoso cão, agora sob a guarda de meu irmão. Ela viu nessa oportunidade a ocasião propícia de a um só tempo poupar o senhor de todos os perigos e desastres da jornada e libertar-me desse encantamento a que meus inimigos me condenaram. Venha, meu amigo e irmão, o corcel negro, o cão de poderes extraordinários e as maçãs douradas estão em suas mãos. O senhor merece tudo e isso e muito mais! Meu irmão o receberá com a maior das cortesias e entusiasmo.

Supérfluo era ficar em congratulações e demonstrações mútuas de estima e amizade eterna. Era mister seguir e concluir a jornada de Conn-Eda. Rumaram para a residência real. Ambos receberam acolhida generosa. Conn-Eda apresentou o motivo de sua visita, e o rei lhe concedeu liberalmente o corcel negro, o cão Samer e as três maçãs da saúde de seu jardim de delícias, mas, em retorno, lhe pediu que concordasse em permanecer como seu hóspede até a data de sua partida.

Conn-Eda não podia recusar, e, durante o tempo que lhe foi permitido, permaneceu na residência real de Firbolg, rei do lago Erne, usufruindo de bom convívio e de todos os agradáveis prazeres que lhe foram concedidos.

Chegou o momento de partir. As três maçãs douradas foram colhidas; o cãozinho Samer recebeu uma coleira e o corcel negro foi ricamente enfeitado. O rei o ajudou a montar, mas antes ele e seu irmão lhe disseram que não precisava temer montanhas em chamas ou serpentes monstruosas. Nada o impediria de seguir, pois o cavalo negro podia entrar e sair daquele reino subaquático sem impedimentos. E o fizeram prometer que uma vez por ano voltaria para visitá-los.

Conn-Eda despediu-se afetuosamente do rei e de seu irmão, agora seus grandes amigos, e seguiu seu caminho. Transpôs a longa jornada sem dificuldades, e chegou o momento em que avistou a torre do palácio de seu pai, onde a rainha, há um ano à sua espera, contava que ele nunca mais regressasse, deixando para seu filho o direito sobre a coroa. Ela não pôde acreditar quando viu o príncipe aproximar-se montado no cavalo negro, belo e vitorioso, trazendo as prendas exigidas. À medida que se aproximava, se confirmava que Conn-Eda voltava triunfante e o seu fracasso lhe caiu pesadamente sobre os ombros. O grande despeito, infelicidade e desapontamento que sentiu fizeram que ela se jogasse da torre e morresse estatelada no chão.

Conn-Mor, o rei, correu ao encontro do filho. Já o julgava perdido para sempre, e a sua felicidade ao vê-lo retornar foi a maior de toda a sua vida. Conn-Eda o abraçou:

— Meu pai, venho com tesouros preciosos e de hoje em diante todos os nossos tormentos terão fim. Trago preciosidades que farão nosso reino mais glorioso, o progresso e a felicidade serão moeda comum para todos. Querido pai, aqui me tem de volta, me abrace mais!

Conn-Eda plantou as três maçãs douradas no jardim. Cresceu instantaneamente uma grande árvore, completa de frutos de sua espécie, dourados como ouro, preciosa maçã terapêutica, que curava todos os males. Os poderes incomuns da fruta dourada fizeram expandir as colheitas de frutas, e a região tornou-se extraordinariamente fértil e produtiva. O cão Samer e o corcel foram preservados com a maior estima e igualmente propiciaram grandes venturas.

O seu reino foi longo, fecundo e próspero, celebrado no país e além, pela extraordinária abundância de grãos, frutas, leite, aves e peixes produzidos durante esse reinado tão feliz. E a província de Connacht ou Conneda preservou para sempre o nome e a lembrança de Conn-Eda, o glorioso príncipe!

O lago do cavaleiro encantado

Numa época remota, existiu um chefe, príncipe poderoso, cuja sabedoria, generosidade e justiça distinguiam seu reino situado em torno do romântico Lago Lean, atualmente chamado de lago de Killarney. Seu nome era O'Donoghue. A prosperidade e a felicidade de seu povo eram o resultado natural de seu governo virtuoso. Dizem que foi célebre tanto por suas expedições guerreiras quanto por suas virtudes pacíficas. A regência de seu reino foi amena, mas não menos rigorosa. Como prova, o povo mostra aos estrangeiros uma ilha rochosa chamada de "Prisão de Donoghue", na qual esse príncipe uma vez confinou o próprio filho por violação da ordem e desobediência.

Seu desaparecimento, sim, pois não houve propriamente morte no seu caso, foi singular e misterioso. Em uma das esplêndidas festas de sua corte, rodeado de seus pares, os mais distintos, ele profetizou os eventos que ocorreriam em épocas futuras. Seus súditos, tomados pelo espanto, ardendo de indignação, abatidos pela vergonha e arrasados pela tristeza, ouviam enquanto ele narrava minuciosamente o heroísmo, as injúrias, os crimes e as misérias de seus descendentes.

Certa vez, ele se levantou devagar em meio às suas profecias, avançou com andar solene, medido e imponente para a margem do lago, e caminhou firme, inflexível, sereno sobre a água. Pouco antes de alcançar o centro do lago, parou por um momento, voltou-se lentamente na direção dos amigos, e, agitando os braços com o ar alegre de alguém que transmitia um breve até logo, desapareceu da vista de todos.

A memória do bom O'Donoghue foi reverenciada pelas gerações seguintes com um respeito afetuoso, e acredita-se que no aniversário de seu desaparecimento, em cada primeiro de maio, ao nascer do sol, ele volta para rever seus velhos domínios. A poucos privilegiados é concedido vê-lo. Essa honra é sempre um sinal de boa sorte para os escolhidos, indício certo de colheitas abundantes: uma bênção que durante o reinado do príncipe era constante.

Alguns anos se passaram desde o seu último aparecimento. O mês de abril daquele ano decorrera abalado e tempestuoso, mais do que era corriqueiro, mas na manhã de primeiro de maio, a fúria dos elementos recuou subitamente. O ar estava límpido e iluminado, silencioso e apaziguado; o céu refletia no lago calmo seu belo mas ilusório rosto, cujo riso, passadas as mais tempestuosas comoções, aparenta uma alma nunca perturbada por paixões.

O sol nascente jogava seus primeiros raios sobre o majestoso cume do Glenaa e coloria de dourado sua crista orgulhosa. Subitamente, as águas da margem oriental tornaram-se agitadas, embora todo o restante do lago permanecesse liso e calmo como um túmulo de mármore polido. Na manhã seguinte, uma enorme onda formou-se ali. Como um impetuoso e destemido cavalo de guerra, exuberante de vigor e força, avançou pelo lago rumo à montanha Toomie. Surgiu atrás dessa onda um guerreiro majestoso completamente armado. Ia montado num cavalo branco; uma pluma branca balançava graciosa em seu capacete de aço polido; nas suas costas tremulava um cachecol azul claro. O cavalo cavalgava sobre a água atrás da onda e se mantinha aprumado como se pisasse terra firme. Parecia envergar orgulhoso seu nobre cavaleiro, enquanto, a cada trote, gotas de água respingavam brilhantes ao sol da manhã.

O cavaleiro que assim emergia do lago era O'Donoghue. Inúmeros jovens, tanto rapazes quanto moças, o seguiam com leveza e desenvoltura sobre a superfície do lago, como fadas ao luar que flutuam acima do campo. Todos estavam interligados por guirlandas de flores primaveris e, enquanto seguiam, uma melodia divina acompanhava o cortejo. O'Donoghue, que já alcançava a parte ocidental do lago, virou repentinamente o seu cavalo e passou a cavalgar na orla repleta de bosques ao redor do Glenaa. Ia antecedido da grande onda que se encrespava e espumava até o pescoço do cavalo em trote, de narinas que vibravam resfolegantes. A longa fila de jovens ia atrás; acompanhava animada o trajeto do cavaleiro, avançava solene, ligeira e firme, ao som da música divina. Na estreita passagem entre o Glenaa e o Dinis, foram progressivamente envolvidos pela névoa que ainda flutuava parcialmente sobre os lagos, e desapareceram da vista dos atônitos espectadores. Mas os acordes harmoniosos daquela música ainda atingiam seus ouvidos, se repetiam e se prolongavam em tons cada vez mais suaves, até que foi enfraquecendo aos poucos e, por fim, morreu. E os ouvintes despertaram como de um sonho de felicidade e bem-aventurança.

Cormac no reino de Manannan, Senhor da Cavalaria Encantada

Cormac, filho de Art, filho de Conn das Cem Batalhas, era o ilustre rei da Irlanda e ocupava sua corte em Tara. Um dia, ele viu sobre o gramado um jovem segurando nas mãos um reluzente galho encantado, com nove maçãs vermelhas. Sempre que o balançava, homens feridos e mulheres debilitadas por doenças eram acalentados pelo som da música doce e encantada que as maçãs entoavam. Ninguém sobre a face da Terra passava por qualquer necessidade, aflição ou fadiga de alma toda vez que o galho era brandido por ele.

— Esse galho é seu? — perguntou Cormac.
— Ele é meu — disse o jovem.

Cormac desejou obter o ramo mágico.

— Você me dará o que eu lhe pedir? — perguntou o jovem.

— Sim — disse Cormac.

O jovem pediu-lhe a esposa, a filha e o filho. O rei ficou pesaroso, a esposa e os filhos cheios de tristeza quando souberam que teriam de separar-se dele. Cormac brandiu o galho no meio e, tão logo ouviram a suave e doce melodia, esqueceram toda preocupação e pesar; foram ao encontro do jovem, que partiu com eles, e não mais foram vistos. Em toda Erin houve gritos de pranto e lamentos quando o fato se tornou conhecido. Cormac brandiu o galho e não houve mais nenhuma tristeza ou pesar no coração de ninguém.

Um ano se passou. Cormac sentiu no coração um grande pesar.

— Perdi minha esposa e filhos. Faz já um ano que essa ausência me angustia. Partirei pelo mesmo caminho por onde foram e os trarei de volta — disse.

Cormac seguiu seu caminho. Um nevoeiro mágico e opaco o cobriu durante todo o seu percurso e, por fim, chegou a uma esplêndida campina. Muitos cavaleiros estavam ali, ocupados em cobrir uma casa com a plumagem de pássaros desconhecidos. Depois que um dos lados ficava pronto, iam e buscavam mais. Quando retornavam, estava desfeita a cobertura da primeira metade e não havia mais nenhuma pluma sobre o teto. Por um tempo, Cormac olhou pasmado para eles e depois tomou seu caminho.

Novamente, viu um jovem arrastando troncos para fazer uma fogueira; mas, antes que pudesse encontrar um segundo tronco, o primeiro queimava-se, e pareceu a Cormac que aquele trabalho jamais teria fim.

Cormac prosseguiu adiante até que viu três imensas fontes nos limites da campina e, em cada fonte, havia uma cabeça. Da boca da primeira, escoavam dois córregos; para dentro dela escoava um outro. Da segunda, escoava um córrego para fora e um outro córrego para dentro de sua boca. Três córregos fluíam da boca da terceira cabeça. Maravilhado, Cormac disse:

— Investigarei eu mesmo essas fontes, pois homem algum há que me elucide esse mistério.

Com essa decisão em mente, seguiu adiante até chegar a uma casa no meio de um campo. Entrou e saudou os seus moradores. Um casal de elevada estatura, vestido com roupas extraordinariamente coloridas, respondeu ao cumprimento do rei. Eles lhe deram as boas-vindas e o convidaram a passar a noite em casa deles.

O marido foi em busca de caça para a refeição. Retornou com um imenso porco selvagem nas costas e uma tora de lenha nas mãos. Jogou o porco e a tora no chão, depois disse a Cormac:

— Aí está a caça e a lenha para o fogo; você deve prepará-la.

— Como posso fazer isso? — perguntou Cormac.

— Eu ensinarei — disse o outro. — Divida essa tora grande em quatro partes, divida o porco em quatro quartos; ponha um pedaço da tora debaixo de cada quarto; conte uma história verdadeira e eles ficarão cozidos.

— Conte você a primeira história — pediu Cormac.

O homem atendeu:

— Eu tenho sete porcos da mesma espécie deste que eu trouxe e posso alimentar o mundo inteiro com eles. Pois se um deles é morto, tenho apenas que deixar seus ossos no chiqueiro e, na manhã seguinte, ele será encontrado vivo novamente.

A história era verdadeira, e um quarto do porco ficou cozido. Então, Cormac pediu à mulher da casa que lhe contasse uma história.

A mulher atendeu:

— Eu tenho sete vacas brancas que rendem sete caldeirões de leite todos os dias, e dou minha palavra de que renderão tanto mais leite quanto necessário para satisfazer os homens do mundo inteiro se ali naquela campina ficassem a bebê-lo.

A história era verdadeira, e o segundo quarto do porco ficou cozido. Cormac foi então convocado para contar uma história e ter o seu quarto. Contou como saiu à procura da esposa, da filha e do filho levados dele há um ano por um jovem que tinha um galho encantado.

— Se o que diz é verdade — disse o homem da casa —, o senhor é verdadeiramente Cormac, filho de Art, filho de Conn, filho das Cem Batalhas.

— Sou ele mesmo — disse Cormac.

A história era verdadeira, e outro quarto do porco ficou cozido.

— Sirva-se e coma — disse o homem.

— Jamais comi com apenas duas pessoas em minha companhia — observou Comarc.

— O Senhor comeria com três outras? — perguntou o homem.

— Se me fossem estimadas, sim — respondeu Cormac.

A porta se abriu e entraram a esposa e os filhos de Cormac: a sua alegria e exaltação foram imensas.

Então, Manannan Mac Lir, Senhor da Cavalaria Encantada, apareceu diante dele em sua forma real e disse:

— Fui eu, Cormac, que lhe tirei esposa e filhos. Fui eu que lhe dei este galho, tudo para que eu pudesse trazê-lo aqui. Agora coma e beba.

— Assim faria se eu pudesse compreender o significado das maravilhas que hoje vi — falou Cormac.

— Compreenderá — disse Manannan. — Os cavaleiros que cobriam o teto com penas são semelhantes às pessoas que andam pelo mundo em busca de fortuna e riqueza; quando retornam, suas casas estão descobertas, e assim continuam para sempre. O jovem que arrastava os troncos para fazer fogo é semelhante àqueles que trabalham para outros: têm muitas dificuldades e jamais conseguem aquecer a si próprios no fogo. As três cabeças nas fontes representam três espécies de homens. Alguns dão livremente quando recebem livremente; alguns dão livremente embora recebam pouco; alguns recebem muito e dão pouco, e esses são os piores das três espécies.

Depois disso, Cormac, a esposa e os filhos sentaram-se e a toalha foi estendida na mesa diante deles:

— Aí está diante de ti algo muito precioso — disse Manannan. — Não há certamente alimento por mais delicado que, uma vez pedido para essa toalha, não seja imediatamente dado.

Manannan tirou do cinto um cálice e o colocou na palma da mão:

— Esta taça possui uma virtude. Ela se despedaça em quatro partes toda vez que uma falsa história é contada diante dela, e se refaz totalmente toda vez que uma história verdadeira é contada.

— Estas são preciosidades que o senhor possui, grande Manannan! — exclamou Cormac.

— Todas são suas — anunciou Manannan: — o cálice, o galho e a toalha.

Comeram, e a comida estava excelente, pois não havia alimento em que pensassem que não surgisse sobre a mesa, nem bebida que desejassem que imediatamente não surgisse em suas taças. E manifestaram grande gratidão a Manannan.

Terminada a refeição, os leitos foram preparados para Cormac, sua esposa e filhos, que se deitaram para um repouso e um doce adormecer. Logo que acordaram pela manhã, estavam em Tara dos Reis. Ao lado deles, estavam a toalha, o cálice e o galho.

Elidore na Terra dos Felizes

Nos dias de Henry Beauclerc, da Inglaterra, havia um jovem chamado Elidore, que estava sendo educado para ser clérigo. Ele caminhava todos os dias desde a casa de sua mãe, viúva, até a biblioteca dos monges. Lá, ele aprendia a ler e a escrever. Mas Elidore era um pouco indolente e malandro. Logo que aprendia a escrever uma letra, ele esquecia outra. Desse modo, o seu progresso era pequeno. No momento em que os bondosos monges perceberam isso, lembraram o que dizia o Livro Sagrado: "Criança mimada, criança estragada", e sempre que Elidore esquecia uma letra, eles tratavam de fazê-lo lembrar por meio de um castigo. Primeiramente, usaram o castigo rara e brandamente, mas Elidore não era um garoto de se deixar guiar. Quanto mais eles o castigavam, menos ele aprendia. A punição tornou-se mais frequente e mais e mais severa. Por fim, Elidore não pôde mais aguentar. Quando completou doze anos, despachou-se dali e penetrou na grande floresta próxima a St. David.

Elidore perambulou por dois longos dias e duas longas noites comendo apenas frutas e bebendo a água dos regatos. Por fim, encontrou-se na entrada de uma caverna, ao lado de um rio, e ali desabou cansado e exausto. Dois homenzinhos apareceram diante dele subitamente e disseram:

— *Venha conosco, levaremos você para uma terra cheia de jogos e divertimentos.*

Elidore os seguiu; atravessaram uma passagem subterrânea totalmente escura, e logo saíram numa região maravilhosa, com rios e prados, florestas e planícies, tão agradáveis quanto era possível ser. Mas ali havia algo curioso: o sol nunca brilhava e as nuvens cobriam permanentemente os céus, de modo que nem o sol era visto durante o dia, nem a lua e as estrelas eram vistas durante a noite.

Os dois homenzinhos levaram Elidore diante de seu rei, que lhe perguntou por que estava ali e de onde tinha vindo. Elidore respondeu, e o rei declarou:

— *Faço-o pajem de meu filho* — e afastou-se.

Por um longo tempo, Elidore foi pajem do filho do rei e participou em todos os jogos e divertimentos dos homenzinhos. Eles eram pequeninos e tinham o corpo perfeitamente harmonizado. Seus cabelos eram belos e caíam sobre os ombros. Seus cavalos eram do tamanho de cães esguios. Não comiam carne, ave ou peixe, viviam de um leite aromatizado com açafrão. Assim como tinham hábitos curiosos, também cultivavam pensamentos incomuns. Não praguejavam e nunca diziam uma mentira. Zombavam e ridicularizavam o homem por seus conflitos, mentiras e traições. Embora fossem tão virtuosos, não cultuavam nada, a menos que se possa dizer que cultuavam a Verdade.

Algum tempo depois, Elidore começou a sentir saudades dos meninos e homens de seu próprio tamanho. Pediu permissão para visitar a mãe, ao que o rei consentiu. Os homenzinhos o levaram até a passagem e o guiaram pela floresta até que chegasse perto da casa da mãe. Quando ali entrou, a mãe demonstrou enorme alegria ao ver seu querido filho novamente:

— Onde esteve? O que tem feito? — ela quis saber e ele contou-lhe tudo.

A mãe rogou-lhe que voltasse para casa, mas ele tinha prometido ao rei que voltaria. E, de fato, logo retornou, mas antes fez a mãe prometer não dizer onde ele estava, nem com quem. Desde então, Elidore passou a viver parte com os homenzinhos, parte com a mãe.

Um dia, quando estava com a mãe, contou-lhe sobre as bolas douradas que usavam nos jogos e ela teve certeza de que eram de ouro. Pediu-lhe então que trouxesse uma da próxima vez que fosse visitá-la. Logo que chegou o dia de ver a mãe, não esperou que os homenzinhos o guiassem de volta, já que agora conhecia o caminho. Apoderou-se de uma das bolas douradas e avançou rapidamente pela passagem. Já estava próximo da casa, quando lhe pareceu ouvir passos miúdos atrás de si. Ele entrou pela porta o mais rápido que conseguiu, mas escorregou e caiu assim que entrou, e a bola rolou de suas mãos direto para os pés de sua mãe. Naquele momento, dois homenzinhos avançaram, apanharam a bola e saíram, carrancudos e cuspindo no menino ao passar por ele.

Elidore permaneceu algum tempo com a mãe, mas sentia falta dos jogos e diversões dos homenzinhos, e decidiu voltar. Entretanto, não conseguiu achar novamente a passagem subterrânea, e, embora procurasse insistentemente nos anos que se seguiram, jamais pôde regressar àquela terra encantada.

Passado um tempo, ele voltou ao mosteiro e tornou-se monge. As pessoas costumavam procurá-lo, perguntavam o que lhe tinha acontecido na Terra dos Homenzinhos. E ele nunca conseguia falar daquele tempo tão feliz sem derramar muitas lágrimas.

Lusmore na gruta dos duendes

Havia um pobre homem que vivia nos vales férteis de Aherlow, no sopé das sombrias montanhas Galtee. Ele tinha uma grande corcunda nas costas e, por isso, parecia alguém que apanhara um fardo e o colocara sobre os ombros. Tinha a cabeça empurrada pesadamente para baixo, de tal modo que o queixo, quando ele estava sentado, descansava sobre os joelhos como se estes fossem um suporte. Os camponeses assustavam-se muito quando o encontravam num lugar deserto, muito embora ele fosse tão calmo e inocente quanto um recém-nascido. Algumas pessoas espalhavam estranhas histórias sobre ele. Diziam que ele tinha um grande conhecimento das ervas e dos feitiços; porém, o que era incontestável é que tinha mãos poderosamente hábeis para fazer chapéus e cestas de juncos e palhas trançados, e esse era o modo como obtinha seu sustento.

Lusmore — apelido dado a ele por usar sempre um raminho de Lusmore, a encantadora flor da dedaleira, em seu pequeno chapéu de palha —, conseguia cobrar, por seu trabalho artesanal, preços mais altos que outros artesãos, e talvez essa fosse a razão de alguns invejosos fazerem circular tantas histórias. Seja como for, algo aconteceu num dia em que ele voltava uma noite da bela cidade de Cahir. Como Lusmore caminhava lentamente em razão da grande corcunda nas costas, a noite o apanhou quando ele chegou ao fosso de Knockgrafton, que ficava do lado direito da estrada. Cansado, não lhe era nada confortável ver o quanto ainda tinha de andar. Teria de caminhar a noite toda. Sentou-se então ao pé do fosso para descansar e começou a olhar muito pesaroso para a lua.

Uma melodia celestial chegou aos seus ouvidos; pensou que jamais ouvira antes uma melodia tão arrebatadora. Era como o som de muitas vozes combinadas e harmonizadas entre si, tão estranhamente, que pareciam uma só voz, embora cantassem com acentos melodiosos diversificados. Eram estas as palavras da canção:

Da Luan, Da Mort, Da Luan, Da Mort, Da Luan, Da Mort.

Havia momentos de intervalo e, depois, o ciclo da melodia recomeçava. Lusmore ouviu atentamente, prendendo a respiração para não perder nem uma nota. Percebeu claramente que o canto vinha do interior do fosso e, embora de início tivesse ficado tão encantado, cansou de ouvir a mesma canção repetidas vezes, sem nenhuma variação. Avaliando a pausa quando *Da Luan, Da Mort* fora entoada três vezes, ele assimilou a melodia e acrescentou as palavras *augus Da Dardeen*, e continuou a cantá-la junto com as vozes que vinham do interior do fosso, *Da Luan, Da Mort*, findando a melodia entre a pausa com *augus Da Dardeen*.[3]

Eram os duendes que, no interior de Knockgrafton, cantavam essa melodia encantada, e, ao ouvirem palavras adicionais, acharam que a música se tornara ainda mais encantadora. Numa rápida decisão, resolveram trazer o mortal, cuja musicalidade excedia a deles, para o seu meio, e o pequeno Lusmore foi levado por um turbilhão de vento.

Uma visão magnífica irrompeu diante dele quando, rodopiando, girando e girando, desceu ao longo do fosso entre uma luminosidade fraca e

---

3. O fosso é uma espécie de túmulo, ou tumba. As palavras *Da Luan Da Mort augus Da Dardeen* são expressões gaélicas que significam "segunda, terça e quarta também". *Da Hena*, que será acrescentada adiante, significa "quinta feira".

uma música das mais doces, que o acompanhava enquanto ia. A maior das honras lhe foi concedida, pois foi considerado o mais destacado entre os músicos. Colocaram à sua disposição servidores e tudo o mais para alegrar seu coração, e recebeu de todos uma calorosa acolhida; em suma, foi tratado como se fosse o primeiro homem da terra.

Lusmore percebeu que uma conferência se iniciava entre os duendes e, apesar de toda a civilidade deles, sentiu-se atemorizado, mas um deles saiu de entre os demais, aproximou-se dele e disse:

— *Lusmore! Lusmore!*
Não duvide, não lastime,
A corcova que te pesava
Em suas costas não está mais.
Olhe para baixo, olhe para o chão,
Veja, Lusmore!

Quando essas palavras foram ditas, o pequeno Lusmore sentiu-se tão iluminado e feliz, que pensou que tivesse saltado para a lua com um único pulo; e, com indizível prazer, viu a corcunda vir abaixo. Tratou de levantar a cabeça, e o fez com grande cuidado, temendo batê-la contra o teto do salão. Olhou ao redor outra vez, deliciado diante de tudo, pois tudo lhe parecia mais e mais maravilhoso; e, diante de tão magnífica cena, sua cabeça sentiu vertigens e sua visão ficou turvada. Por fim, caiu em sono profundo.

Acordou ao amanhecer. Lusmore viu que estava deitado bem ao lado do fosso, e que vacas e ovelhas pastavam pacificamente ao redor. O sol brilhava esplendoroso e os pássaros cantavam docemente. Após fazer suas preces, a primeira coisa que Lusmore fez foi colocar as mãos nas costas para sentir a corcunda, mas não havia sequer um sinal dela! Olhou-se com grande prazer, pois viu que se tornara um homem bonito e, além disso, estava vestido com roupas inteiramente novas que, ele concluiu, os duendes tinham feito para ele.

Dirigiu-se a Cappagh com andar leve e marcando cada passo, como se em toda sua vida tivesse sido um mestre de dança. Entre as pessoas que o encontraram, nenhuma o reconheceu sem a corcunda e ele teve imensa dificuldade para persuadi-las de que era o mesmo homem — na verdade não era, pelo menos na aparência exterior.

Claro está que não demorou muito para a história da corcunda de Lusmore se alastrar. Maravilhas foram ditas por todo o condado, e por muitas milhas ele foi o assunto de todos, de pessoas de destaque e de pessoas humildes.

Uma manhã, Lusmore estava sentado alegremente na soleira de sua porta, quando lhe apareceu uma velha. Viera perguntar-lhe se ele podia indicar-lhe o caminho para Cappagh:

— Não preciso indicá-lo, minha boa senhora — disse Lusmore. — Aqui é Cappagh. Quem a senhora deseja encontrar?

— Eu vim — contou a mulher —, das terras de Decie, no condado de Waterford, em busca de alguém chamado Lusmore que, segundo ouvi dizer, teve a sua corcunda removida pelos duendes. O filho de minha comadre tem uma corcunda que poderá matá-lo; talvez ele pudesse ficar livre dela com o mesmo encantamento de Lusmore. Agora já lhe contei o motivo por que vim de tão longe: é para saber sobre esse encantamento, se puder.

Lusmore, que sempre foi de natureza benévola, relatou para a mulher todas as particularidades, como tinha chegado até o túnel dos duendes de Knockgrafton, como sua corcunda fora removida das costas e como ele ainda conseguira roupas novas como uma espécie de bonificação.

A mulher agradeceu-lhe muitas vezes, depois foi embora muito feliz e de mente arejada. Quando chegou à casa da comadre no condado de Waterford, contou-lhe tudo o que Lusmore lhe dissera. Colocaram num carro o homenzinho corcunda, que era uma criatura rabugenta e manhosa desde que nascera, e percorreram com ele todo o caminho da região. Foi uma longa viagem, mas não se importaram, desde que o faziam para que a corcunda fosse removida. Chegaram bem ao anoitecer e o deixaram junto ao velho fosso de Knockgrafton.

Jack Madden, que era o nome do corcunda, logo ouviu uma música doce como jamais tinha ouvido. Os duendes estavam cantando do modo como Lusmore tinha arranjado a canção para eles, e a música estava em plena execução: *Da Luan, Da Mort, Da Luan, Da Mort, Da Luan, Da Mort, augus Da Cadine*, sem nenhuma pausa. Jack Madden, que tinha pressa de livrar-se da corcunda, não esperou que os duendes terminassem a canção, nem considerou o momento adequado para elevar o tom a maior altura como Lusmore fizera. Depois de ter ouvido os duendes entoarem a música mais de sete vezes sem pausa, ele cantou aos berros, sem obedecer o ritmo e a melodia, sem cuidar de interpretar os versos corretamente, *augus Da Cadine, augus Da Hena*[4], pensando que se um dia era bom, dois seria melhor, que se Lusmore teve uma nova vestimenta por seus versos, ele poderia obter duas.

Tão logo as palavras deixaram seus lábios, foi ele varrido para dentro do fosso por uma força prodigiosa. Os duendes reuniram-se todos ao redor dele, muito zangados, gritando, berrando e bramindo:

— *Quem está corrompendo nossa música? Quem está corrompendo nossa melodia?*

---
4. Conf. cit., *Da Hena*: expressão gaélica que significa "quinta-feira".

Depois, um deles saltou sobre ele e acima dos outros, e disse:

— *Jack Madden! Jack Madden!*
Teus versos soaram horrendos
Na melodia que nos encantava.
E a esta mansão vieste trazido
Para que te façamos a vida infeliz
Eis aqui, Jack Madden, duas corcovas
para ti.

E vinte dos mais fortes entre os duendes apanharam a corcunda de Lusmore e a fixaram nas costas de Jack, tão firme como se ali tivesse sido pregada pelo melhor dos carpinteiros; depois o chutaram para fora de seu castelo. Pela manhã, quando a mãe de Jack Madden e a sua comadre vieram buscar o seu homenzinho, o encontraram caído ao pé do fosso, semimorto e com outra corcunda sobre as costas. Elas se entreolharam para ter certeza do que estavam vendo, mas temeram falar alguma coisa, pois receavam que uma corcunda pudesse surgir sobre os ombros delas.

Levaram o infeliz Jack Madden para casa. Iam tão abatidas e com os semblantes tão pesarosos como somente duas mães podiam estar. Com o peso da outra corcunda e com a longa viagem, Jack Madden morreu logo depois. Deixava, diziam, sua pesada maldição para quem quisesse ir à gruta dos duendes ouvir as melodias encantadas outra vez.

O rapto da filha do rei pelos duendes

Guleesh morava no Condado de Mayo. Ele tinha o hábito de, muitas vezes, ir até o belo monte, situado a pouca distância do frontão de sua casa, e ali ficar sentado, durante horas, sobre o barranco de grama. Uma noite, lá estava Guleesh, olhando o céu distraidamente e observando a bela lua branca que pairava acima de sua cabeça, quando disse a si mesmo:

— É uma grande tristeza eu não ter ido embora deste lugar. Gostaria de estar em qualquer outro lugar do mundo, mas não aqui. Bom mesmo é ser como você, lua branca, que fica circulando, circulando, do jeito que gosta, senhora de si. Homem nenhum pode mudar seu curso nem exigir-lhe que mude sua natureza. Ah, como eu gostaria de ser livre como você!

Mal as palavras saíram de sua boca, ouviu um grande barulho. Passou por ele, como um redemoinho, o som de muitas pessoas correndo juntas, falando, rindo e zombando umas das outras. Ele seguiu o rumo das vozes e viu que sumiram monte adentro:

— Que espantoso! Como é alegre essa gente! — exclamou entusiasmado.

Apesar de não ter percebido quem era aquela turba festiva, seguiu-os. Ao pé do monte, ouviu um grande tumulto, vozes e vozes misturadas, que gritavam, cada uma mais alto que a outra:

— *Meu cavalo, os arreios e a sela! Meu cavalo, os arreios e a sela!*

— Que espantoso! — tantas vozes e não via ninguém. Uma turba invisível fazia aquela algazarra no monte — Esta aí, meu rapaz, nada mal. Eu também quero! — e gritou alto como eles:

— *Meu cavalo, os arreios e a sela! Meu cavalo, os arreios e a sela!*

No mesmo instante, surgiu diante dele um belo cavalo com arreio de ouro e sela de prata. Guleesh saltou para cima do animal e, diante de seus olhos, o monte, que antes estava vazio, surgiu repleto de uma grande turba de gente miúda montada nos seus cavalos. Eram hostes de duendes que se preparavam para suas arteirices noite adentro.

Um dos miúdos perguntou:

— *Você vem conosco esta noite, Guleesh?*
— Certamente — respondeu Guleesh.
— *Então venha* — chamou o homenzinho, e saíram todos juntos, cavalgando como o vento, mais velozes do que os mais velozes cavalos que você já viu nas caçadas, mais velozes do que a raposa e os cães que a perseguem.

Dominaram o frio vento de inverno diante deles, e o vento frio de inverno atrás deles não os dominou. Cavalgaram em ritmo constante e não fizeram uma única pausa até chegarem à orla do mar.

Diante da vastidão do oceano, cada um deles disse:

— *Eia, para cima! Eia, para cima!* — e subiram espantosamente cavalgando sobre o mar.

Antes que Guleesh tivesse tido tempo de ver onde estava, eles desceram para a terra firme e continuaram a viagem velozes como o vento. Finalmente pararam, e um dos miúdos quis saber:

— *Guleesh, você sabe onde está agora?*
— Não sei, não.
— *Está na França, Guleesh. A filha do rei da França vai se casar hoje à noite. Ela é a mais bela mulher que o sol já viu, e queremos levá-la conosco. Esse rapto nos exigirá um grande esforço, e precisamos de seus favores, meu caro! Você é um mortal, o que dá a ela a chance de agarrar-se à sua cintura para não cair do cavalo. Entre nós, você é o único*

que está apto a levá-la até o outro lado do oceano sã e salva para nós. Está satisfeito, Guleesh, e vai fazer o que estamos lhe dizendo?

— Por que não estaria satisfeito? — Guleesh indagou. — Estou satisfeito, com certeza, e farei tudo o que você mandar.

Perfeitamente combinados, desceram de seus cavalos. Um dos miúdos pronunciou algumas palavras, incompreensíveis para Guleesh e, no mesmo instante, subiram no ar. Em seguida desceram, e Guleesh se viu no interior do palácio. Ali, uma grande festa acontecia, e não havia um único nobre ou cavalheiro do reino que não estivesse presente, vestido de cetim e seda, ouro e prata.

A noite estava brilhante como o dia, com todas as luminárias e velas acesas. Guleesh teve de fechar os dois olhos, ofuscados pela claridade. Quando conseguiu abri-los, espantou-se com a beleza do que via. Cem mesas estavam espalhadas pelo ambiente, cada uma delas repleta de comes e bebes de todo tipo: doces variados, assados esplêndidos, vinhos, cerveja e todas as bebidas que um homem já viu. Músicos em cada extremidade do salão executavam a mais doce música que os ouvidos de um homem já ouviram. Belas moças e moços dançavam e rodopiavam veloz e levemente. Por todo lado, jogos, muitas graças e riso.

Era uma festa como não acontecia na França há mais de vinte anos, e o motivo de tamanho brilho era um só. O velho rei só tinha aquela filha, a quem casaria com o filho de outro rei naquela mesma noite. Há três dias durava aquela festa, e a cerimônia do casamento seria realizada dali a instantes.

Invisíveis para toda gente, os duendes e Guleesh observavam tudo à espera do momento de acabar com a cerimônia. Estavam na extremidade do salão, perto do altar decorado com ricas alfaias e bordados de ouros que pendiam suspensos entre luzes e brilhantes magníficos. Dois bispos estavam atrás deles aguardando o momento de oficiar o compromisso dos noivos.

— Diga-me qual delas é a filha do rei — pediu Guleesh, já ambientado ao barulho e à luz.

— *Não consegue vê-la ali, perto do rei?* — disse o pequeno homem a quem dirigira a palavra.

Guleesh viu a mulher mais adorável que já existiu em todo o mundo. A rosa e o lírio competiam em sua face, e não se podia dizer qual venceria. Seus braços e mãos eram alvos, sua boca vermelha como um morango maduro, seu pé pequeno e leve, o seu corpo esbelto e suave, seu cabelo caía da cabeça em cachos de ouro, seu vestido era tecido em ouro e prata, e a pedra do anel em sua mão reluzia como o sol.

Guleesh ficou quase cego com toda a beleza e a graça que irradiavam dela; não conseguiu tirar os olhos da jovem, e pôde ver traços de lágrimas em seus olhos: "Todos ao seu redor estão alegres e felizes, mas ela chora e seu aspecto demonstra que está mortalmente infeliz", disse consigo.

— *É contra a sua vontade que está se casando, não sente amor pelo homem com quem vai se casar* — contou um dos duendes.

— *Sabemos de tudo, meu caro. Ainda não tinha completado quinze anos, o rei queria casá-la. Ela tentou esquivar-se pedindo ao pai que esperasse passar mais alguns anos, e conseguiu um ano, depois outro; depois, nem mais uma semana, nem mais um dia. Esta noite ela completa dezoito anos, e já é tempo de se casar; mas de fato* — disse ele, torcendo a boca de um jeito horrível —, *de fato, ela não vai se casar com nenhum filho de rei, se depender de mim.*

Guleesh compadeceu-se muito da jovem senhora, e doía-lhe pensar que ela seria obrigada a casar-se com um homem de quem não gostava, ou, o que era pior, ter como marido um duende horroroso. Não disse uma palavra, ficou em seu íntimo deplorando o triste papel que fazia ajudando os duendes a raptá-la.

Esses sentimentos o roíam terrivelmente. Tinha de achar um meio de salvá-la, mas sua situação em meio aqueles seres encantados não prometia nenhuma saída: "Ah! Se eu pudesse ajudá-la... Ah! se eu pudesse dar-lhe algum consolo! Ah, Guleesh, não há nada que possa fazer por ela!"

Esses pensamentos em nada ajudaram. Lá estava noivo e noiva prontos para a dança. Em vez de leve e fagueira, ela parecia rígida como um tronco de árvore arrancado da terra. Seus olhos tristes demonstravam um pesar de cortar o coração, mais parecia um animal que levavam ao matadouro.

— Que pena! Que pena! Que pena! — era o que Guleesh exclamava todo o tempo.

O noivo a levava rodopiando pelo salão, e o bobo não percebia que levava apenas seu corpo, ela mesma não estava com ele: "Que triste ver um homem tão insensível!" — Gulleesh não se conformava.

A dança por fim terminou. Ainda bem, porque já estava insuportável ver aquela mascarada de alegria diante de uma jovem que se sentia viver o próprio funeral.

"Que espetáculo triste! — deplorou Guleesh — Essa gente não vê nada! Ah, e ela não sabe que será arrastada para a cova dos duendes. Que destino infeliz o dessa moça! Juro que ela não merece isso! Juro que tudo farei para impedi-lo."

"O bispo é outro crápula. Lá está ele todo paramentado pronto para imolar a pobre! Por que esse hipócrita consente em celebrar núpcias de morte? Não vê ele quanto sofre essa jovem?" — revoltava-se Guleesh.

E pronto, lá ia a moça para seu holocausto! Já o noivo ia passar o anel no seu dedo, já a iam passar às mãos daquele tolo. E aqueles nobres todos postados de belas figuras! Que horror!

Só a noiva seguia triste. Estava vestida deslumbrantemente, mas Guleesh sabia que seu coração ia vestido de negro. E já se aproximava do altar. Estava na hora! O duende esticou o pé diante da jovem e ela caiu de boca no chão.

— Oh! Oh! Oh! — ouviu-se pelo salão.

Alguns engraçadinhos riram do desastre; outros cochicharam entre si. Deviam estar dizendo: Que vergonha! Que vexame! Uma filha de rei cair de modo tão grotesco diante do altar!

No minuto seguinte, não tiveram mais tempo para falatórios. O duende estendeu as mãos e antes que ela fosse capaz de se levantar, com um gesto de quem estendia uma capa invisível sobre ela, ele pronunciou algumas palavras. A jovem sumiu espantosamente da visão de todos. Mais Oh! Oh! Oh! soaram em coro por todo o ambiente. E podem imaginar o espanto do rei, rainha, bispo e nobres.

Já com a moça no regaço, os fugitivos saíam invisíveis entre os gritos de Deus nos acuda, O que aconteceu? Misericórdia! Acontecem coisas impressionantes neste mundo! O diabo está entre nós! Chamem os exorcistas de espíritos malignos! Habita entre nós espíritos do mal! Ah! Ah! Ah! Estamos todos perdidos! Virgem Santíssima! Misericórdia! Somos todos pecadores! É o juízo final! Bispo, bispo, confesse-me!

— *Meu cavalo, meus arreios e minha sela! Meu cavalo, meus arreios e minha sela! Meu cavalo, meus arreios e minha sela!* — gritaram todas as vozes dos duendes.

— Meu cavalo, meus arreios e minha sela! — gritou Guleesh arrastando a princesa nos braços.

A moça, que não podia resistir, muito menos entender o que acontecia, se deixava levar acreditando que aquilo era um sonho, coisa de louco ou alucinação.

— Guleesh, salte e leve a princesa na garupa! Vamos embora; o amanhecer não está distante de nós agora.

Guleesh montou e ergueu a moça até a garupa do cavalo:

— Eia! Eia! Eia! — e o seu cavalo e os outros cavalos desabalaram em vertiginosa corrida, e não pararam até chegar ao mar.

— *Para cima!* — disse cada um dos duendes.

— Para cima! — disse Guleesh e, no mesmo instante, o cavalo subiu, deu um salto sobre as nuvens e em menos de minuto já descia em Erin.

Não pararam nem então, continuaram velozes rumo ao monte, morada dos duendes. Já estavam quase chegando... Estava na hora! Guleesh mudou de direção, pegou a jovem em seus braços e desceu do cavalo.

— Eu evoco nesse sinal de bênção que risco em sua fronte — e traçou com os dedos o sinal da cruz na testa da jovem — as graças da Alta Presença de São Patrick e suas hostes poderosas. Que fique entre nós, em nome de Deus! — pronunciou, e ali mesmo, antes que outra palavra saísse de sua boca, o cavalo esvaiu-se no chão.

E o que apareceu no seu lugar foi o travessão de um arado, e era isso o cavalo dos duendes. Alguns estavam cavalgando velhas vassouras, outros galhos quebrados e outros, talos de junco. Um espetáculo estupendo!

— *Oh! Guleesh, traidor, ladrão, que o bem te abandone e o mal se apodere de tua vida! Por que nos aplicou esse golpe?*

Eles já não podiam tomar a jovem depois que Guleesh a consagrara.

— *Oh! Guleesh, sempre fomos tão gentis com você! Seu malandro! Fez cair por terra todo o nosso trabalho de viajar à França. Espere e verá, vai nos pagar essa traição. Acredite, você vai se arrepender!*

— *Não usufruirá de sua má ação* — alertou aquele que comandava a partida e, ao dizer isso, aproximou-se da jovem e espalmou-a na altura dos lábios como se os arrebatasse dela. — *Agora* — disse o miúdo — *tomei-lhe a língua. Ela perdeu a fala; e então, Guleesh, que fará? Não poderá trocar nenhuma palavra com ela, muda como está. Estamos indo, mas juro que vai se lembrar de nós, Guleesh!* — Ameaçou, estendendo as duas mãos. No mesmo instante, ele e o restante dos duendes desapareceram dentro do monte, e Guleesh nunca mais os viu.

— Graças a Deus eles se foram — aliviou-se Guleesh. — Diga-me, não foi melhor assim? Estará melhor comigo do que com esses duendes. Não posso imaginá-la vivendo entre eles.

Ela não respondeu. "Ainda está perturbada e triste", disse Guleesh para si mesmo, e falou-lhe novamente:

— Se aquele noivo que lhe deram era para você a morte, imagine ter um duende por marido! O que me preocupa é o seu bem-estar. Senhora, se há algo que eu possa fazer por você diga-me, e eu serei seu criado.

A bela jovem permaneceu em silêncio. Havia lágrimas e espanto em seus olhos, e achamos que o que mais queria era uma explicação razoável para tudo que acabava de viver. E Guleesh achou o mesmo que nós. Veja o que ele diz:

— Senhora, vou protegê-la. Tranquilize-se e diga-me o que deseja. Se preferir voltar para seu pai, não tenha dúvida, farei com que volte. Eu nunca pertenci a esse bando de duendes que a raptou. Sou filho de um honesto fazendeiro e fui desprevenidamente com eles. Não sabia de nada. Creio que isso deva ser um consolo. Afinal, a minha presença foi uma bênção. Pude salvá-la dos duendes. Não duvide, eles planejaram raptá-la e fazê-la casar-se com um deles. Pode imaginar-se casada com um desses miúdos? Não, não é? Nem eu! Linda como é! Então, diga-me. Quer voltar? Estou a seu serviço e não há nada neste mundo nem no outro que me impediria de atendê-la.

Seus lábios moveram-se para falar, mas não conseguiu dizer uma palavra.

— Não pode ser que você esteja realmente muda — disse Guleesh. — Estou certo de que a vi conversar com seu pai esta noite. Aquele demônio miúdo roubou mesmo sua fala quando espalmou a mão horrorosa em sua boca!

A jovem apontou com o dedo a língua para mostrar-lhe que perdera a voz e o poder da fala. As lágrimas corriam-lhe pelo rosto, e seu olhar deixou Guleesh tão penalizado, que também ele sentiu seus olhos umedecerem. Seu coração, brando como nenhum outro, não aguentava ver a jovem naquela aflição.

Era preciso achar bom lugar para abrigá-la. Levá-la para sua casa, nem pensar! Sabia muito bem que não acreditariam na extraordinária história dos duendes e de sua viagem à França montado num cavalo feito de travessão de arado. Imagine se acreditariam que a jovem era filha de rei! Imagine! Nem pensar! Iam zombar dele e insultar a jovem senhora.

Pensava numa solução e, nesse tempo, pensamento vai, pensamento vem, lembrou-se do padre:

— Graças a Deus, agora sei o que vou fazer; o padre não lhe negará abrigo. Ninguém melhor que ele para protegê-la. É um padre excelente, muito gentil. O que acha?

A jovem inclinou a cabeça como sinal de que concordava, e o fez entender que estava pronta a segui-lo a qualquer lugar.

— Então vamos à casa do padre. Nós dois somos muito camaradas e ele fará qualquer coisa que eu pedir.

O sol estava quase nascendo quando bateram à porta do padre. Foi necessário bater insistentemente. Era muito cedo e ele ainda dormia sossegadamente: "Quem será que vem a minha casa tão cedo? Vamos lá, velho padre alvejado tão cedo em seu sono! Vamos lá, ponha de pé essa carcaça e não trema diante do inesperado!..."

— Guleesh, Guleesh, um rapaz tão gentil como você não pode esperar até as dez horas ou até o meio-dia, mas precisa vir até aqui a essa hora para se casar, você e sua noiva? Vocês deviam saber que não posso casá-los a essa hora, ou, em qualquer caso, não posso casá-los legalmente. Mas... Oh! Em nome de Deus, quem é você? Guleesh, meu rapaz, quem é ela, de onde a trouxe?"

— Padre, o senhor pode me casar, ou a qualquer outra pessoa, se quiser; porém, não foi atrás de casamento que vim à sua casa. Venho lhe pedir, por favor, que hospede em sua casa essa jovem senhora.

O padre olhou para ela interrogativamente, e depois voltou o olhar para Guleesh como quem pergunta: Que novidade é essa? Mas não perguntou nada, convidou-os a entrar e fechou a porta, trouxe-os à sala de visitas e fez que se sentassem.

— Agora, Guleesh, conte-me a verdade, quem é essa jovem senhora? Você realmente perdeu a razão ou está só brincando comigo?

— Não estou dizendo uma única mentira, nem brincando com o senhor. Essa jovem senhora é filha do rei da França e foi do palácio de seu pai que eu a trouxe, montado num cavalo feito do travessão de um arado. Por sorte estava com os duendes e consegui tomá-la deles.

E contou todos os detalhes da extraordinária aventura da noite passada. O padre arregalava os olhos à medida que Guleesh desfilava os eventos aos seus ouvidos pasmos. De bom espírito, o padre de vez em quando interrompia a feição espantada dos olhos com um explosivo aplauso. E foi assim entre a narrativa do jovem, a mudez risonha da moça, e os PLAC-PLAC-PLAC das mãos do padre que a história chegou ao seu final.

— Padre, é como digo, ela não estava satisfeita com o casamento que lhe arranjaram; uma mascarada, padre! Todos regalavam-se com o vinho, a boa mesa, danças, piadas e graças de todo gênero enquanto essa jovem sentia-se levada ao matadouro. Eu cheguei com os duendes e acabamos com a farsa. Só que eu tive que, em segunda ação, acabar com a pretensão dos duendes. Eles me amaldiçoaram e a fizeram muda com suas magias e encantamentos.

Ele falava com tanta desenvoltura e naturalidade, que a jovem sorria em sua mudez concordando com tudo e, mais do que nunca, ele teve certeza de que, por pior que fosse, ela preferia sua situação atual a ser a esposa de um homem que odiava.

— Padre, ficarei muito gratificado se a guardar em sua casa. Eu mesmo não posso. Tenho de evitar atrair a descrença e a suspeita. Sei que não acreditarão em minha história.

O gentil sacerdote disse que a acolheria pelo tempo que fosse necessário, até que uma solução fosse encontrada.

— Mas não sei como evitaremos os olhares curiosos — acrescentou, preocupado.

Guleesh concordou. O que tinha a fazer era permanecer quieto até que surgisse alguma oportunidade de resolver o caso de modo feliz para todos. Combinaram que ela passaria por sobrinha do padre, filha de um irmão seu que vivia em outro distrito. A jovem concordou com tudo e assim ficou resolvido provisoriamente.

Guleesh foi para casa. Onde ele estivera a noite passada? Foi o que pai e mãe quiseram saber, com tom magoado. Com que então passava a noite toda fora de casa? Avisasse, que isso não é coisa que se fizesse a mãe e pai, preocupados com um filho ingrato que lhes fugia da vista sem menor palavra. Pensava ele que não tinha gente em casa aflita com seu sumiço inexplicável? Ah, pai, ah, mãe! Adormeci como pedra aos pés do fosso, parece até efeito de magia. Perdão, perdão! — foi tudo o que pôde dizer para remediar o transtorno que causara.

Já os vizinhos do padre ficaram espantados com a jovem que chegara à sua casa tão repentinamente. E murmuravam: De onde tinha vindo? E que história mais esquisita de sobrinha de um irmão de quem nunca ouviram falar? As coisas não eram como diziam. Ah, não eram. Reparassem na novidade que era Guleesh ir todos os dias à casa do padre e ali permanecer horas sem conta. Esse rapaz já não era mais o mesmo. O padre acobertava segredos, e que segredos eram esses? Será possível? Um padre tão respeitável! Etcetera e tal, e não paravam de murmurar.

Era mesmo raro o dia em que Guleesh não fosse à casa do padre. Ali passava horas conversando — ele e a jovem senhora —, em cuja companhia achava o maior prazer de sua vida. Lamentava: que desacerto! Continuava muda. Contudo, isso não impediu que se entendessem maravilhosamente. Suas respostas eram gestos acompanhados de sorrisos e olhares afetuosos.

E isso só já lhe era como um raio de luz que resplandecesse por todos os seus dias e noites.

Assim passavam suas tardes e às vezes entravam pela noite em conversas agradáveis e já amorosas, ainda que silenciosamente amorosas. Nem um nem outro ousava ir além da troca de seus olhares de mútua admiração. Guleesh às vezes perguntava-lhe se era sua vontade voltar a seu país e a seu pai. Ela fazia um gesto que dizia: Deixa ficar. Para o rapaz as coisas não eram assim. O rei podia tomá-la de volta se descobrisse o seu destino. Esse temor roubava um tanto de sua alegria. Mas assim continuaram por muitos meses e, cada vez mais apaixonados, não se deixavam. Não lhe restava nada a fazer, a não ser desvencilhar-se de todo temor e entregar-se à sua afeição por inteiro, ainda que afeição guardada e contida.

Um ano se passou. Estavam no último dia do mês do outono, e Guleesh aproveitava as derradeiras aragens e frescor da estação deitado sobre a grama. A tarde estava de fato refrescante, e tudo ao redor lhe favoreceu deixar-se em suave despreocupação, o pensamento solto voejando por onde quisesse. Nesse estado, passou-lhe pela memória tudo o que aconteceu desde o dia que atravessara o mar com os duendes. Foi numa noite de novembro que tudo se passara, lembrou repentinamente. Ele estava próximo ao frontão da casa e vira chegar aquele redemoinho com os duendes dentro: "Hoje faz um ano que tudo aconteceu. Foi exatamente neste dia que atravessei o mar com os miúdos. O negócio é ir ao monte nesta noite e ver se aquela gente aparece de novo. Talvez eu possa ver ou ouvir algo útil para mim. Quem sabe, consiga descobrir um modo de devolver a fala a Mary" — nome que ele e o padre deram à filha do rei.

Decidido a esperar as doze badaladas da meia-noite, se deixou ficar à escuta ao pé do monte com o cotovelo apoiado numa velha rocha cinzenta. A lua subia no céu lentamente, e era como um outeiro de fogo atrás dele; uma névoa branca subia dos campos de grama e de todos os locais úmidos. A noite estava calma como um lago em dia que não há brisa para encrespar em ondas a suas águas, e não se ouvia nenhum som além do zumbido dos insetos que passavam de tempos em tempos, ou o súbito grito dos gansos selvagens que, a meia milha da nossa cabeça, passam voando de um lago a outro, ou o agudo assobio da tarambola[5] dourada e verde, subindo e deitando, deitando e subindo, como costuma fazer nas noites calmas. Milhares e milhares de estrelas brilhavam sobre sua cabeça, e já uma leve geada esbranquiçava a grama aos seus pés.

Uma hora, duas horas, três horas já tinham passado. A geada tinha aumentado ao avanço da

---

5. Ave pernalta.

noite, e já podia ouvir as gotas congeladas sob os pés quando se mexia. Refletiu, e achou que finalmente os duendes não viriam naquela noite. Era hora de voltar. Deu meia volta, e deteve o passo. Um som ao longe vinha em sua direção. No início soava como o choque das ondas numa praia rochosa; depois soou como uma tempestade barulhenta no topo das árvores, e, já próximo, sentiu o redemoinho passar veloz na direção do monte. Eram eles, os duendes. Vieram dentro do redemoinho como naquela noite de um ano atrás.

Passou tão veloz por ele e a ventania foi tanta, que o fez perder o fôlego. Cambaleou um pouco e logo voltou a se aprumar tomando o domínio de si. Apurou os ouvidos para escutar o que eles diziam.

Era um vozerio medonho: gritavam e falavam ao mesmo tempo; logo serenou a balbúrdia e cada um deles gritou:

— *Meu cavalo, os arreios e a sela!*

Guleesh ficou bem quieto. Queria muito saber se os duendes falariam de uma magia que devolvesse a fala à sua querida. Era preciso um meio de falar algo que os lembrasse o logro que sofreram na mesma data um ano atrás. Isso, quem sabe, poderia fazer algum efeito. Tomou coragem e se preparou para gritar tão alto quanto eles:

— Meu cavalo, os arreios e a sela! Meu cavalo, os arreios e a sela!

Antes que terminasse de pronunciar essas palavras, ouviu um dizer rente ao seu ouvido:

— *Ora, Guleesh, meu rapaz, você está aqui conosco de novo? Como está se saindo com sua noiva, filha de rei? Não adianta chamar seu cavalo esta noite. Aposto que não vai conseguir usar aquele seu truque de novo. Foi um bom truque aquele que você nos aplicou no ano passado, não foi?*

— *Foi sim* — disse outro — *mas ele não fará de novo.*

— *Ele não é mais aquele mesmo bom rapaz! Tem consigo uma mulher de quem nunca terá o prazer de conhecer a voz!* — falou um terceiro.

— *Talvez ele goste de olhar e apreciar a beldade!* — emendou um outro.

— *Está aqui para roubar nosso segredo, não é, traidor! Pois bem, meu caro, se for capaz de descobrir o enigma escondido na erva que cresce à sua porta...* — ia dizendo outra voz.

— *Cale-se!* — interrompeu outra. — *Que esse traidor fique por sua conta. Vamos embora.*

Um turbilhão zuniu nos ouvidos de Guleesh e depois tudo se aquietou. O pobre ficou ali, de pé, tonto e com os dois olhos esbugalhados olhando o vazio ao redor.

Não ficou muito tempo nesse estado. Tomou seu caminho pensando em tudo que tinha ouvido.

"Falaram de uma erva — disse para si mesmo — e o que tenho a fazer é averiguar de que erva se trata. Segundo penso, deve ter a virtude curativa que procuro para Mary. Só pode ser! Se a erva realmente tiver esse poder... Experimente, Guleesh, experimente, meu caro! Assim que o sol nascer vou procurar a tal erva, e veremos".

Não conseguiu pregar o olho até o dia despontar. Ao primeiro clarão da manhã, saltou da cama e foi fazer o que lhe competia. Examinou entre o capim em volta da casa. E, de fato, não procurou muito tempo, quando notou uma grande e estranha erva crescendo justamente ao lado do frontão da casa.

Viu que tinha sete pequenos ramos saindo do talo, sete folhas crescendo em cada um, e cada folha vertia uma seiva branca: "É espantoso! Nunca notei essa erva antes. É dessa que falavam, não há dúvida. Certamente deve guardar algum poder".

Cortou a planta, tirou as folhas e cortou o talo. Uma seiva espessa e branca saiu dela: "Como será que uso isso? Difícil saber. Tenho de tentar". Ferveu tudo, encheu uma xícara até a metade com o preparado e já ia tomando: "Mas, se isso for um veneno?" — considerou. Em vez de beber, experimentou algumas gotas com as pontas dos dedos. Não era amargo, de fato, tinha até um gosto doce e agradável. Criou coragem e tomou todo um gole, e depois outro tanto de novo, e não parou até ter bebido metade da xícara. Depois disso, adormeceu e só acordou à noite, sentindo muita fome e muita sede.

Estava determinado. Assim que amanhecesse, levaria a beberagem para Mary. Foi o que fez. Levantou e foi à casa do padre. Nunca se sentira tão animado e valente, e de espírito tão leve como naquele dia; tinha quase certeza de que aquela bebida é que o deixara tão alegre.

Encontrou o padre e a jovem senhora preocupados. Há dois dias não vinha visitá-los. Guleesh contou-lhes todas as novidades e disse que tinha certeza de que aquela erva tinha poderes curativos.

— Não lhe fará mal, Mary. Eu mesmo a provei e veja como estou bem.

Estendeu-lhe a xícara e ela bebeu metade do preparado. Não demorou, e ela caiu sobre a cama adormecendo profundamente. Só acordou no dia seguinte ao raiar da manhã.

Guleesh e o padre ficaram sentados junto dela a noite toda esperando que acordasse, aflitos entre a esperança e a desesperança, entre a expectativa de salvá-la e o medo de fazer-lhe mal.

Finalmente, ela acordou. Os dois homens estavam muito ansiosos para saber o resultado da erva. Ela esfregou os olhos e olhou para eles espantada.

— Você dormiu bem, Mary? — quis saber o padre. Guleesh tinha o coração aflito.

— Dormi, sim, obrigada! — a moça disse, e sorriu.

Guleesh soltou um grito de alegria, e caiu de joelhos, agradecido.

— Senhora do meu coração, fale novamente comigo.

A jovem lhe respondeu dizendo que se sentia grata, de coração, por toda gentileza que ele lhe demonstrara desde o dia em que chegara à Irlanda, e que ele poderia ter certeza de que nunca o esqueceria.

A felicidade brilhou para Guleesh. Ele tomou-lhe as mãos e beijou-as, e não parava de falar:

— Minha senhora, nem pode imaginar como estou feliz de vê-la curada. Agora, precisa cuidar de sua vida e tomar decisões importantes. Quem sabe, não quererá voltar para a França e seu pai. Poderá lhe escrever se quiser...

Ela o interrompeu:

— Está bem, meu amigo, mas depois vemos isso. Agora... e caiu no sono novamente.

Guleesh a deixou e voltou para casa. Estava cansado e dormiu o dia todo e, dominado pela força da erva, dormiu também toda a noite. Acordou na manhã seguinte e correu à casa do padre. A jovem dormia ainda. Soube que permanecera adormecida desde o momento em que ele deixara a casa.

Foi vê-la. Ficou ao seu pé esperando que acordasse. Quanta alegria para ambos quando ela abriu os olhos:

— Ah, meu amigo, está aqui ainda! Acho que dormi demais! Preciso levantar e vestir-me. Estou morrendo de fome.

Ele se retirou. O padre já estava com a mesa arrumada para a refeição da manhã. Logo depois surgiu a jovem, e sorria brilhantemente para Guleesh, e como sorria!

Deixo por conta de vocês imaginarem o sorriso que se expandiu no rosto de Guleesh ao brilho de felicidade transmitido naquele sorriso feminino de um real amor. Só digo que ele levantou-se da cadeira no mesmo instante, tomou-a pela mão e a conduziu à mesa. Os três comeram juntos e conversaram animadamente:

— Conte-me, minha jovem, como se chama? — quis saber o padre.

— Meu nome é Mary. Esse é o nome que vocês me deram, e não preciso de outro melhor! — respondeu convicta.

Mary começou a falar de sua nova vida dali em diante. Parecia que nunca ela estivera muda, nunca tivesse vivido na França, de tal modo ela se deixava ficar naturalmente entre eles e se dava espontaneamente como se os dois homens ali fossem seus únicos parentes na vida. Algo extraordinário sucedia. Nada era preciso dizer. A França parecia não existir para ela.

Guleesh percebeu que ali todo o drama de seu amor se resolvia. Desde então a afeição mútua que sentiam se expandiu extraordinariamente. E o que aconteceu em pouco foi que o padre os casou. Tiveram uma bela festa de casamento. Os vizinhos, naturalmente, murmuraram: Sabia que tinha coisa estranha nessa história, não falei? — dizia um. E ainda não sabemos de onde tiraram essa moça! — dizia outro. Tem razão, a história guarda segredos... Seja como for, não deve ser nada condenável. O nosso padre é confiável. Não mesmo, nosso padre é um santo... É, mas ninguém sabe de verdade de onde veio essa moça. Já viu que tem uma fala estranha... Ela não é de nosso país, disso ninguém duvida...

Conversa vai, conversa vem, o povo não saciava sua curiosidade, e sabemos que é assim entre as gentes, que não podem estar contente só com partilhar dos eventos felizes de seus pares. Eu o que digo é que nem sou capaz de relatar como viveram felizes, porque por mais que se diga nunca se diz o verdadeiro cerne da felicidade, que só pertence àquele que a tem. Uma maravilha aqueles dois. Só deixo aqui uma cena de sua felicidade: olhe-os a andar juntos por todo canto de mãos dadas, perfeitos amantes entre si! Uma vida assim é o que desejo para mim e todos nós!

A enigmática fome do rei

Cathal, Rei de Munster, era um bom rei e um grande guerreiro. Mas veio habitar dentro dele uma besta maligna e sem lei, que o atormentava com uma fome insaciável a tal ponto, que nunca podia ser satisfeita. E, desse modo, devorava pela manhã um porco, uma vaca, um novilho, três bolos completos de puro trigo e um barril de cerveja e, em grandes banquetes, o que ele comia passava da conta e das medidas. Vivia assim há três semestres, durante os quais ele fez a ruína de Munster, e provavelmente outros seis meses seriam o bastante para arruinar toda a Irlanda.

Nessa época, vivia em Armagh um sábio jovem e famoso. Seu nome era Anier MacConglinney. Ele ouviu falar da estranha doença do Rei Cathal e da abundância de comida e bebida com que era abastecida a corte para satisfazer o incomensurável apetite do monarca. Desde então, tinha em mente tentar a sorte e ver que ajuda podia prestar ao rei.

Levantou-se de manhã bem cedo, trocou a camisa e envolveu-se em seu manto branco. Em sua mão direita tomou seu bastão bem-alinhado e cheio de nós, e, depois de fazer um giro por sua casa, disse adeus a seus mestres e partiu.

Viajou por toda a Irlanda, até que chegou à casa de Pichan. Aí permaneceu, contou histórias e divertiu a todos. Mas Pichan disse:

— Embora seja grande tua alegria, filho do saber, hoje sua prosa não me diverte.

— E por quê? perguntou Anier.

— Não sabes — começou a dizer Pichan — que Cathal virá aqui esta noite com toda sua corte. E se sua corte é incômoda, a primeira refeição do rei é mais incômoda ainda; e se incômoda a primeira, mais incômoda de todas é a que faz em um grande banquete. Três coisas são necessárias para esse fim: um alqueire[6] de aveia, um alqueire de maçãs silvestres e um alqueire de trigo.

— Que recompensa você me daria se eu te protegesse do rei, desde agora até a essa mesma hora de amanhã? — indagou Anier.

— Uma ovelha branca de cada rebanho dos mil que tenho — respondeu o outro.

---

6. (NT) Medida de cereais correspondente a 36,37 litros.

— Aceitarei — disse Anier.

Cathal, o rei, veio com sua comitiva e com uma hoste dos homens de Munster. Mas Cathal não deixou os laços de seus sapatos serem afrouxados antes que começasse a suprir sua boca com as maçãs ao seu redor. Pichan e todos os homens de Munster olhavam isso com tristeza e pesar. Levantou-se então Anier, pegou apressado e impaciente uma pedra usada para afiar espadas. Enfiou-a na boca e começou a triturá-la com os dentes.

— O que te faz assim louco, filho do saber? — perguntou Cathal.

— Perburba-me vê-lo comer sozinho — disse o sábio.

O rei ficou desconcertado e afastou de si as maçãs, e dizem que nos três semestres passados ele não tinha realizado um ato humano semelhante.

— Conceda-me mais um benefício — pediu Anier.

— Está concedido, por minha honra — falou o rei.

— Faça jejum comigo por toda a noite — disse o sábio.

Ele fez, ainda que isso lhe fosse aflitivo, pois tinha empenhado sua palavra real, e nenhum rei de Munster podia transgredi-la.

Pela manhã, Anier pediu *bacon* tenro, carne em conserva, mel no favo e sal inglês em um prato trabalhado em prata. Acendeu um fogo com lenha de carvalho, sem fazer fumaça e sem estalos e chispas. Fez espetos com porções de carne e pôs-se a trabalhar para assá-los. Depois pediu:

— Cordas, cordões e cordames aqui!

Cordas, cordões e cordames foram trazidos para ele. Também veio o mais forte dos guerreiros. Pegaram o rei, amarraram-no com firmeza e o prenderam com laçadas e presilhas. Depois de estar o rei dessa forma preso, Anier sentou-se no chão diante dele, tirou a faca do cinto, cortou porções de carne dos espetos e mergulhou cada bocado no mel. Em seguida, após passar as porções diante da boca do rei, levava-as à própria boca.

Logo que viu que não recebia nada, estando em jejum há vinte e quatro horas, o rei berrou e vociferou, esbravejou, e ordenou a execução do sábio. Mas nada foi feito para atendê-lo.

— Escuta, Rei de Munster —disse Anier —, apareceu-me uma visão à noite passada, e eu a contarei a você. Começou um estranho relato e, enquanto o fazia, pegava bocados após bocados, passava-os diante da boca de Cathal e depois levava-os à própria boca.

Um lago de leite eu vi
No meio de uma planície bela
Com uma casa bem provida perto
Seus telhados eram cremosos

Os caibros pudins delicados
As duas portas manjares aromáticos
As camas bacon suculentos
De queijo suas sebes
Lingüiças suas vigas e esteios
Era uma casa abundante de delícias
Opulentos seus tesouros gostosos.

— *Tal foi a visão que tive, e uma voz sussurrava-me aos ouvidos:* — *Vá embora já, Anier, pois você não pode comer essa comida.* — *Que devo fazer?* — *perguntei, pois a visão daquelas delícias tinha me causado um apetite voraz. A voz mandou-me ir então ao eremitério[7] do Doutor Wizard; lá eu teria apetite para todo tipo de comida suculenta, doce e condimentada aceitável ao corpo.*

Lá, vi diante de mim um lago; em seu ancoradouro havia um barco feito de carne; seus bancos eram coalhada, sua proa carne recheada de bacon, sua popa creme, seus remos, fatias de carne. Remei pela larga extensão desse Novo Lago de Leite, pelos mares de sopa, passei diante de fozes de rios de carne, atravessei ondas impetuosas de creme de leite espumoso, piscinas sem-fim de recheios de carne e bacon saborosos, por ilhas de queijo, por montanhas de coalhadas e, por fim, alcancei a terra firme; entre o Monte Cremoso e o Lago de Leite, na

---

7. Casa do eremita; pessoa que vive afastada das cidades para contemplar ou rezar.

terra D'Antigas-Iguarias, em frente do eremitério do Doutor Wizard.

Maravilhoso de fato o eremitério. Em torno dele havia setecentos mourões de bacon, todos iguais, e, nos topos, em vez de espinhos, tinha, em cada um, carne suculenta recheada de bacon. Havia um portão de creme cuja tranca era de linguiça. Vi ali um guarda, Senhorzinho Bacon, filho de Manteiguinhas, filho de Lardopolo.[8] *Calçava sandálias macias de bacon; em torno das pernas trazia meias de carne cozida; o corpo trazia uma túnica de carne em conserva; a cintura um cinto de pele de salmão; a cabeça um capuz de manjar branco; montava um cavalo de bacon cujas patas eram de manjares, os cascos de pão de aveia, as orelhas de nata, os dois olhos eram de mel; nas mãos trazia um chicote cujas cordas eram pudins maravilhosos, e a calda suculenta que escorria de cada um desses pudins podia matar a fome de um homem comum.*

Entrei e encontrei o Doutor Wizard; tinha nas mãos luvas de alcatra, e punha ordem na casa, que ostentava por todo lado, do teto até o chão, maravilhosas uvas suspensas.

Entrei na cozinha e ali encontrei o filho do Doutor Wizard; trazia nas mãos um anzol feito de lardo, e a linha era de tutano. Ele estava pescando em um lago de soro. Nesse momento, ele pescava

---

8. (NT) Na composição do nome, "lardo" é uma iguaria preparada com carne e recheio de bacon.

uma fatia de presunto, e depois pescou um filé de carne defumada. Enquanto pescava, caiu dentro do lago e quase se afogou.

No momento em que meus pés pisaram a soleira da casa, vi uma cama cremosa de brancura perfeita; sobre ela me sentei, mas me afundei até a raiz dos cabelos. Os oito homens mais fortes da casa me puxaram pelos cabelos e só com muito esforço me tiraram dali.

Então fui levado ao Doutor Wizard: — O que te aflige? — perguntou-me.

— Meu desejo é poder satisfazer minha avidez e comer todas essas maravilhosas iguarias do mundo que estão diante de mim. Mas infeliz que sou! Grande é meu infortúnio, pois não posso obter nenhuma delas.

— Ó céus! — disse o Doutor — essa doença é preocupante. Mas levarás contigo um remédio que vai curar tua doença e te livrar para sempre desse mal.

— Qual remédio? — perguntei.

— Quando fores para casa esta noite, aqueça-te diante de um fogo com lenha de carvalho ardente. Prepara o fogo em uma lareira seca para que as brasas possam aquecer-te; o calor delas não te pode queimar, a fumaça não te pode atingir. Faz para ti trinta e seis porções, e cada porção tão grande quanto um ovo de ave do campo; em cada porção, põe oito tipos de grão, de trigo e cevada, aveia e

centeio; oito tipos de ervas e, para cada erva, oito tipos de tempero. Logo que tenhas preparado tua comida, toma uma dose de bebida, uma dose minúscula, apenas a quantidade suficiente para vinte homens, seja de leite grosso, de leite amarelo de vaca recém-parida, de leite que borbulha enquanto desce pela garganta. Seja qual for a doença que tenhas, ela desaparecerá depois que tiveres feito isso. Vá agora, em nome do queijo, que te proteja o bacon suculento, que te proteja o creme espumante, que te proteja o caldeirão cheio de sopa.

Nessa altura, enquanto Anier narrava sua visão, aconteceu que, com o prazer da narrativa e da descrição dessas numerosas delícias, o doce aroma das porções adoçadas assando nos espetos, a besta glutona que morava dentro do rei saiu e ficou lambendo os beiços.

Anier levou dois espetos de carne aos lábios do rei, que estava ávido para saboreá-los, espeto, carne, e tudo. Ele então desviou os espetos a um braço de distância do rei e a besta glutona pulou da garganta de Cathal sobre os espetos. Anier jogou-os nas chamas e virou o caldeirão da casa sobre o fogo. A casa foi esvaziada para que nem o valor de uma perna de besouro fosse deixado em seu interior, e quatro fogueiras imensas foram acesas em seus quatro cantos. Quando a casa se transformou em uma torre de chamas imensas, a besta glutona saltou para a viga do palácio; nesse ponto, desapareceu e nunca mais foi vista.

Quanto ao rei, uma cama foi preparada para ele com um acolchoado de penas; os músicos e cantores o divertiram desde o meio-dia até o pôr do sol. Depois que se levantou, deu ao sábio estes prêmios: uma vaca e uma ovelha de cada casa e de cada herdade de Munster. Além do mais, enquanto viveu, Anier é que trinchava a carne do rei e era ele quem se sentava ao seu lado direito.

Assim Cathal, Rei de Munster, foi curado de seus tormentos e Anier MacConglinney foi honrado.

Os doze gansos selvagens

Um rei e uma rainha viviam felizes juntos. Tinham doze filhos, mas nenhuma filha. Um dia, no inverno, tudo estava coberto de neve. A rainha olhava pela janela do salão quando viu um bezerro que acabara de ser morto, e um corvo ao seu lado. — Ah, se eu tivesse uma filha alva como a neve, o rosto rosado e o cabelo negro como o desse corvo, eu daria cada um de meus doze filhos em troca dela — sem pensar, ela falou.

Acabou de pronunciar essas palavras, um tremor atravessou seu corpo e ela sentiu um grande medo. Instantes depois, surgiu diante dela uma velha mulher de aspecto rígido e grave:

— *O seu desejo é impiedoso, rainha! Ele será realizado e lhe será uma punição. Terá sua filha desejada, mas no dia que ela nascer, perderá todos os seus outros filhos* — disse e desapareceu.

A rainha, de fato, engravidou, e, precavendo-se, manteve os filhos sob estrita vigilância por numerosa guarda. Esse cuidado foi inútil. No mesmo instante que a filha veio ao mundo, os guardas, dentro e fora do palácio, ouviram um grande farfalhar de asas e assobios. Os doze príncipes voaram um após outro pela janela aberta e partiram para longe sobre os bosques. O rei sofreu desesperadamente, e certamente sua amargura seria muito mais intensa se soubesse que sua rainha tinha participação na perda de seus filhos.

Todos chamavam a pequena princesa de Branca de Neve e Rosa Vermelha por causa de sua bela aparência. O fato ficou guardado no silêncio e ninguém nunca soube o que tinha acontecido. A princesa começava a crescer. Era a mais adorável e adorada criança que já se vira em qualquer lugar. Quando completou doze anos, ela começou a se sentir muito triste e solitária, e, para desdita da mãe, começou a perguntar-lhe sobre os irmãos. O segredo pesava muito na consciência da rainha e, como a menina insistisse muito, ela resolveu contar-lhe tudo. A menina sentiu que tinha sido por sua causa que os irmãos tinham se transformado em gansos selvagens, e, por sua causa, sofriam todo tipo de agruras, e decidiu, resoluta:

— O mundo não ficará um dia mais velho antes que eu vá procurá-los e tente trazê-los às suas antigas formas.

O rei e a rainha a vigiavam o tempo todo. Tudo inútil. Por duas noites ela permaneceu nos bosques que cercavam o palácio, andando de um lado para outro, e dali partiu levando alguns bolinhos, nozes e frutinhas silvestres. Caminhou sem parar e, ao pôr do sol, chegou a uma bela casa com um portão junto da cerca e um belo jardim repleto de flores. Ela entrou, e viu uma mesa arrumada com doze pratos, doze facas e garfos, doze colheres, tortas, carne de aves e frutas. Num outro aposento, havia doze camas. Enquanto observava, ouviu o portão se abrir e o ruído de passos ao longo do caminho, e viu doze jovens entrarem na casa. Expressavam um grande pesar e um enorme desapontamento no rosto quando a viram:

— Ah, mas que infelicidade a enviou aqui? — disse o mais velho. — Por causa de uma menina como você fomos obrigados a deixar a corte de nosso pai e assumir a forma de gansos selvagens. Isso foi há doze anos, e fizemos um juramento solene de que mataríamos a primeira menina que chegasse às nossas mãos. É uma pena tirar do mundo uma menina tão bonita e inocente como você, mas precisamos manter nosso juramento.

— Mas — disse ela —, sou sua única irmã, e nunca tive conhecimento disso. Há três dias apenas soube o que lhes tinha acontecido, e fugi do palácio de nosso pai e nossa mãe ontem à noite para encontrá-los e resgatá-los desse encantamento, se puder.

Todos eles juntaram as mãos e abaixaram a cabeça. O silêncio que se formou permitia ouvir um alfinete cair, e muito durou, até que o mais velho gritou:

— Maldito juramento! O que devemos fazer?

Uma mulher apareceu inesperadamente entre eles, e disse:

— *Quebrem esse maldito juramento, que a ninguém se aconselha cumprir. Se tentarem matá-la serão severamente punidos. Ela foi eleita libertadora do encantamento de que vocês foram vítimas. E deverá se conduzir do seguinte modo: colherá juncos com as próprias mãos no pântano à beira do bosque, fiará e tricotará doze agasalhos para vocês. Cinco anos é o tempo que gastará para concluí-los. Enquanto durar sua tarefa, não poderá falar uma única vez, nem rir, nem chorar. Se falhar, continuarão gansos selvagens até o dia que deixarem este mundo. Seu único consolo é voltar a ser homens ao anoitecer. Em vez de matá-la, cuidem dela. Valerá a pena.*

A estranha criatura disse essas palavras e desapareceu, e no seu rastro deixou para os irmãos uma grande comoção. Com alegria, todos abraçaram a irmã.

Por três anos, a menina ficou ocupada arrancando juncos, fiando e tricotando para fazer agasalhos, e no final desse período ela conseguiu fazer oito. Durante todo esse tempo, nunca disse uma única palavra, nem riu, nem chorou. Colheu juncos e teceu em silêncio, sem lágrimas, sem riso. Um belo dia, estava fiando no jardim, um enorme cão saltou para dentro e se aproximou dela, colocou suas patas em seu ombro e lambeu sua testa e seu cabelo. No minuto seguinte, um belo e jovem príncipe surgiu junto ao portão do jardim, tirou o chapéu e perguntou se podia entrar. Ela acenou com a cabeça consentindo e ele entrou. Desculpou-se muito pela intromissão e fez muitas perguntas, mas não conseguiu arrancar-lhe uma única palavra. Amou-a tanto desde o primeiro momento, que não conseguiu deixá-la antes de lhe dizer que era o rei de um país fronteiriço à floresta, e que muito a queria para sua esposa. Ela não conseguiu deixar de amá-lo tanto quanto ele a amou, e apesar de sacudir a cabeça muitas vezes e sentir-se muito triste em abandonar os irmãos, acenou afirmativamente e tomou sua mão na dela. Ela sabia muito bem que a boa fada e seus irmãos seriam capazes de encontrá-la. Antes de ir, trouxe uma cesta com todos os seus juncos, outra com os oito agasalhos e os levou consigo.

Enquanto rumava com ela para o palácio, o rei sentia um leve dissabor de pensar no desgosto de sua madrasta ao vê-lo aparecer subitamente com uma esposa no regaço. Mas ele era o dono da casa, e logo que chegou mandou chamar o bispo, vestiu a noiva com lindas roupas e o casamento foi celebrado, com a noiva respondendo por sinais. O comportamento e conduta dela deixavam transparecer que se tratava de uma jovem bem-nascida. O rei o percebeu, e sentiu orgulho de tê-la por esposa.

A madrasta fez tudo o que pôde para desgraçá-los, dizendo que tinha certeza de que ela era somente a filha de um lenhador, mas nada perturbava a opinião que o jovem rei tinha de sua mulher. Depois de algum tempo, a jovem rainha deu à luz um belo menino, e o entusiasmo do rei atingiu o auge. Toda a pompa do batizado e a alegria dos pais atormentavam a mulher ciumenta, e ela decidiu pôr fim àquela felicidade. Pegou uma beberagem sonífera e a deu à jovem mãe. Enquanto pensava na melhor forma de fazer desaparecer a criança, viu um lobo no jardim espreitando faminto. Não perdeu tempo; tirou a criança dos braços da jovem adormecida e a atirou ao lobo. O animal abocanhou a pequena criatura e pulou a cerca do jardim sumindo ao longe. A mulher então feriu os próprios dedos, e esfregou o sangue na boca da mãe adormecida.

O jovem estava justamente entrando no grande pátio, de volta de uma caçada e, mal entrou, a mulher má o chamou, derramou algumas lágrimas falsas, começou a chorar e a agitar as mãos demonstrando grande aflição. Tomou-o pelas mãos e o levou apressada ao aposento da rainha.

O pobre rei ficou terrivelmente perplexo quando viu a boca ensanguentada da esposa. Percebeu a falta do filho, e a velha teceu perversamente toda uma teia de horror para fazê-lo acreditar que a sua esposa tinha devorado o próprio filho. Demonstrava, enquanto fazia o relato de sua intriga, que lutava com enorme esforço para sufocar a amargura e os seus lamentos. O jovem rei não permitiu que se divulgasse o fato, e deu ordens à madrasta para que ela anunciasse a todos que a criança caíra dos braços da mãe, pela janela, e que uma besta selvagem a levara. A malvada fingiu que faria isso, mas contou para todos o que o rei e ela mesma tinham visto no quarto de dormir.

Por muito tempo a jovem suportou a tristeza e a dor. Amargurava a perda do filho e a terrível ideia que o rei fazia dela. Tudo isso, adicionado ao fato de não poder falar nem chorar, a fazia a mais infeliz das mulheres. Mergulhada em sua tristeza e infelicidade, continuava pacientemente a colher juncos e a tricotar os agasalhos. Muitas vezes, os doze gansos selvagens apareciam pousados nas árvores do bosque ou no pântano úmido para visitá-la. Ela vinha à janela, via-os e acenava, às vezes mostrava seu trabalho e isso para que soubessem que ela não cessava de trabalhar para libertá-los.

Outro ano se passara, e novamente ela deu à luz uma bela menina. Tinha na ocasião terminado o décimo segundo agasalho, mas faltava concluir uma manga. Dessa vez o rei ficou de guarda, e não deixou mãe e filha sozinhas por um único minuto. Mandou criados vigiá-la. A perversa mulher subornou alguns dos criados, fez que outros adormecessem e deu a beberagem à rainha. Impiedosa, quis matar a criança. O mesmo lobo, com os olhos na janela da rainha, espreitava no jardim. A criança foi lançada ao lobo, que disparou com ela entre as mandíbulas. Novamente, a madrasta passou sangue nos lábios e no rosto da mãe adormecida. Depois, berrou e gemeu e gritou diante do rei para fazer crer que a jovem rainha tinha de novo devorado a própria filha.

A pobre mãe agora sentiu que sua vida não podia mais continuar. Em miserável estado de dor e tormentos, apressou-se para finalizar o décimo segundo agasalho.

O rei queria levá-la de volta à casa da floresta onde a encontrara, mas a madrasta, os lordes da corte e os juízes não consentiram: para ela, a morte na fogueira no grande pátio às três horas do mesmo dia. A hora da execução se aproximava. Os carrascos chegaram e a levaram. Ela pegou a pilha de agasalhos nos braços, só faltavam alguns pontos para terminar a última manga. Enquanto eles a amarravam nos postes, ainda trabalhava. Chegou ao último ponto e, muito emocionada, deixou cair uma lágrima sobre o trabalho, ergueu o rosto e gritou:

— Chamem meu marido antes que essa injustiça desgrace a todos!

Os carrascos abaixaram as mãos, mas um, criatura malévola, atiçou o fogo. Os assistentes gritavam apavorados:

— Parem! Parem! Parem!

Em meio ao tumulto, ouviu-se um farfalhar de asas, e no mesmo instante os doze gansos selvagens pousaram em volta da fogueira. Antes que pudessem pensar sobre a presença estranha dos gansos, ela jogou um agasalho sobre cada uma das aves e ali, num piscar de olhos, surgiram doze dos mais belos jovens jamais vistos entre outros mil. Enquanto alguns desamarravam a irmã, o mais velho pegou um longo bastão e deu um golpe tão forte no carrasco, que ele nunca mais precisou de outro igual.

O rei correu ao pátio e, enquanto confortavam a jovem rainha, uma bela mulher apareceu entre eles conduzindo um menino pela mão e levando um bebê nos braços:

— *Eis aqui seu filho e sua filha. Saiba o rei que, com mentiras perversas, sua madrasta jogou essas crianças a um lobo faminto.* — disse, sem revelar que ela é que tinha se transformado em lobo para proteger as crianças e evitar a injustiça.

O que se ouvia era um choro só de tanta alegria, risos de felicidade, abraços e beijos. Enquanto assim se ocupavam, desatentos de agradecer à boa fada, ela se esquivou e não foi mais encontrada.

Nunca se sentiu tanta felicidade. A tristeza e infelicidade passada diluíram rapidamente como se nunca tivessem existido. A perversa rainha, vendo que estava perdida, tratou de escapar e embrenhou-se no mato. Nunca mais foi vista e não se sabe o que aconteceu com ela.

Os irmãos partiram para o reencontro com os pais, junto com a irmã e o rei, seu marido. Ali chegaram. Os dois reis, amargurados de dor e pesar, traziam profundas marcas de sofrimento. A sombra da tristeza ali tinha reinado por muito tempo. Seus olhos começaram a iluminar-se quando viram a filha retornar acompanhada daquela comitiva bela, e dizer:

— Meu pai, minha mãe, esses são seus filhos e meus doze irmãos perdidos, esse é meu marido, esses são seus netos.

Rei e rainha, emocionados, perderam a fala. Refeitos da comoção extrema do primeiro momento, abraçaram primeiro aquela filha abençoada; depois um a um dos filhos; depois se alegraram com os netos, sua descendência; depois ao rei, marido de sua filha. Por toda a noite fizeram a grande festa da alegria e permaneceram juntos durante uma semana. Os doze irmãos ficaram no palácio dos pais. A filha, netos e marido retornaram para seu lar. Nunca mais a desdita veio lhes perturbar a alegria e sua felicidade tornou-se a cada dia mais completa.

A história dos filhos de Lir

Aquieta, ó Moyle, o bramido de tuas águas;
Mantém tua aragem, os teus elos de calma
Enquanto a filha de Lir em sua tristonha alma
Conta ao céu de estrelas sua história de mágoas.[9]

More

A Tribo de Danna um dia se reuniu em conselho a fim de deliberar sobre a eleição de um rei entre seus chefes para reinar sobre todos. Escolheram Bove, o Ruivo, e todos jubilosamente o aclamaram rei, exceto Lir de Shee Finnaha, que deixou o conselho enraivecido, pois julgava que devia ser ele o escolhido. Muito indignado, retirou-se para seus domínios.

---

9. No original: Silent, O Moyle, be the roar of thy water,/ Break not, ye brezes, your chain of repose,/ While murmuring mournfully, Lir's lonely daughter/ Tells to the night-star her tale of woes.

Nos anos que se seguiram, ele e Bove, o Ruivo, mantiveram mutuamente uma hostilidade acirrada. Um dia, porém, um grande infortúnio sobreveio a Lir. Após três dias gravemente enferma, sua esposa, a quem ele muito amava, lhe foi arrebatada pela morte. Bove viu nessa ocasião a oportunidade de uma reconciliação com Lir, com quem não desejava manter inimizade. E para aquele esposo ferido pela dor enviou uma mensagem:

> *Meu coração chora por ti, e rogo para que sejas confortado. Tenho em minha casa três virgens, minhas filhas adotivas. As mais belas e mais instruídas de toda Erin. Escolhe aquela que desejares para esposa, me reconheça como teu soberano, e minha amizade terás para sempre.*

A mensagem trouxe conforto a Lir, que se pôs a caminho seguido de uma grandiosa comitiva de cinquenta carruagens. Não parou até alcançar o palácio de Bove, em Loch Derg, no Shannon. Afetuosa e calorosa foi a recepção que Lir encontrou em seu soberano, e, no dia seguinte, como suas três filhas adotivas estivessem ao lado da rainha, Bove disse a Lir:

— Eis as minhas três filhas. Escolhe aquela que será tua esposa.

— Todas são belas, mas Eve é a mais velha e, por isso, é certamente a mais nobre das três. Eu a escolho para minha esposa — respondeu Lir.

Lir casou-se com Eve naquele dia, e, de volta a Shee Finnaha, seus domínios, levou consigo sua doce e jovem esposa. Amaram-se e foram felizes. Com o passar do tempo, nasceram dois filhos gêmeos, um filho e uma filha. Deram à menina o nome de Finola, e ao menino o nome de Aed. As crianças eram tão belas quanto bondosas, e tão felizes como a mãe. Novamente, ela deu à luz gêmeos, dois meninos. Ficra e Conn foram seus nomes. Mas, no mesmo momento em que essas crianças abriram os olhos para o mundo, os olhos da mãe fecharam-se para a vida. Lir novamente perdia a esposa, mais abatido pela dor que antes.

A notícia da morte de Eve trouxe grande pesar ao palácio de Bove, pois, de quantos a conheciam, ela era a mais amada. Mas novamente o rei enviou uma mensagem de conforto a Lir:

Minha dor é contigo, e, como prova de minha amizade por ti e do amor que tínhamos por aquela que se foi, dar-te-ei uma de minhas outras filhas para ser a mãe das crianças que acabam de perder o afeto da que tinham.

E novamente Lir foi ao palácio em Loch Derg, o Grande Lago, e ali se casou com Eva, a segunda filha adotiva do rei. Pareceu inicialmente que Eva amava os filhos de sua irmã como se fossem seus. Porém, o ciúme arrebatou-lhe o coração quando percebeu a devoção do marido por eles manifestada numa proteção cuidadosa e constante. Lir os trazia para dormir perto dele; à menor manifestação de choro, se levantava para afagá-los e confortá-los; ao amanhecer, saía do lado de Eva para ver se estavam bem. Era uma mulher sem filhos, e não sabia se o que odiava era as crianças ou a irmã que as tinha trazido ao mundo.

Além disso, o amor que Bove, o Ruivo, dedicava às crianças mais a exasperava. Muitas vezes durante o ano ele vinha para visitá-las, outras tantas as levava consigo para ficar com ele, e na Festa das Estações — celebrada anualmente ao grande deus Mannanan, da qual todos aqueles que participavam não envelheciam —, os quatro filhos de Lir eram louvados por todos pela grande beleza, nobreza e bondade de que eram possuidores.

Mais essas crianças se tornavam objeto de um amor geral, mais o ódio de Eva aumentava, até que por fim o veneno corroeu-lhe tanto o corpo como a alma, e tanto se consumiu nesse ódio, que ficou doente de sua própria maldade. Por quase um ano permaneceu acamada. O som dos risos das crianças e de suas vozes alegres, seus rostos encantadores como os dos filhos de um deus e as palavras orgulhosas e amorosas com que o pai se referia a elas caíam como um ácido corrosivo em uma ferida supurada. Veio por fim o dia em que o ciúme estrangulou a última réstia de bondade que havia em seu coração, e a impiedade produziu sua devastação. Eva levantou-se do leito e ordenou que os cavalos fossem atrelados à carruagem a fim de que pudesse levar as crianças ao Grande Lago para ver o rei, seu pai adotivo.

Eram apenas crianças pequenas, mas a intuição percebe logo a aproximação de algo maligno, e Finola pressentiu que um mal sobreviria para ela e seus irmãos, se fossem. A verdade é que sua visão aguda de menina percebeu o que Lir não conseguia enxergar. No tom da voz da madrasta, no modo de olhar, ela viu que o amor que a esposa de seu pai professava por ela e seus irmãos era apenas ódio, astutamente dissimulado. Tentou escusar-se, mas Eva não lhe deu ouvidos. Lir se admirou das lágrimas suspensas nos olhos da menina e das sombras que toldavam os seus olhos azuis quando ela, sem alternativa, disse-lhe adeus e partiu na carruagem com a madrasta.

Quando já tinham avançado por um longo trecho, Eva virou-se para suas criadas:

— Sou muito rica — disse—, e tudo que tenho será vosso se matarem para mim aquelas quatro criaturas odiosas que me roubaram o amor de meu marido.

As criadas a ouviram com horror:

— É horrendo o ato que deseja nos fazer praticar; e mais horrendo é o que te faz ter um pensamento tão ímpio. O mal certamente te possuiu para desejar tirar a vida dessas crianças inocentes, filhos de Lir – falou uma delas.

Furiosamente, Eva pegou uma espada e teria ela própria feito o que as criadas se recusaram. Mas faltaram-lhe forças para realizar seu intento maligno.

Seguiram avante, chegaram ao Lago Darvra, e ali todos desceram da carruagem. As crianças, sentindo como se tivessem sido salvas de um evento horrível que afortunadamente não aconteceu, foram levadas ao lago para nadar. Alegremente e com risos festivos, os meninos patinharam na água límpida à margem cheia de juncos. Todos três procuravam segurar a mão da irmã, cujo corpo delgado era branco como a neve e os cabelos dourados como o ouro.

Eva, como uma serpente que golpeia traiçoeiramente a presa, propiciou na verdade a oportunidade para realizar seu intento. Ao toque de uma vara mágica dos druidas, acompanhado do canto suave de uma ave, as crianças desapareceram, e em seu lugar surgiram quatro cisnes brancos. Embora Eva possuísse o poder de encantar seus corpos, não podia tirar-lhes a alma, nem o poder da fala. Finola então falou, e sua voz não era a de uma criança tímida, mas de uma mulher que podia ver o futuro e a terrível punição que aquele ato indigno receberia.

— Maligno é o ato que acabas de praticar. Demos a ti apenas amor, estamos na flor da idade, e nossos dias eram de felicidade. Por crueldade acabas, traiçoeiramente, de pôr fim à nossa infância, mas nossa sorte é menos deplorável que a tua. Misérias e aflições virão sobre ti, ó Eva, pois um pavoroso destino te espera.

E depois perguntou — ansiosa para saber quando os dias tristes de seu exílio teriam fim:

— Diz-nos quanto tempo passará até que possamos assumir nossas formas novamente.

Eva respondeu implacável:

— Melhor teria sido para tua tranquilidade que nunca tivesses procurado sabê-lo. Mas te direi tua sentença, já que assim queres. Trezentos anos vivereis nas águas mansas do Lago Darvra; trezentos anos no Mar de Moyle,[10] que está entre Erin e Alba; trezentos anos ainda em Ivros Domnann[11] e em Inis Glora,[12] no mar ocidental. Até que um príncipe do norte se case com uma princesa do sul, até que Tailleken[13] venha a Erin, e até que escuteis o som dos sinos cristãos, nem meu poder nem o teu, nem o poder de qualquer dos druidas poderão libertar-vos enquanto perdurar o encantamento.

---

10. Canal do Norte, entre a Irlanda e a Escócia.
11. Erris, em Mayo.
12. Uma pequena ilha perto de Bemmullet, no Atlântico
13. São Patrício.

Enquanto assim falava, estranhamente um abrandamento penetrou em seu coração perverso. Estavam tão quietas aquelas criaturas brancas, sustentavam um olhar tão ansioso e suplicante, que a fez perceber a alma das pequeninas crianças. Lembrou-se que uma vez as tinha amado, que costumava beijar seus rostos de bebê, principalmente comoveu-se ao ver Ficra e Conn silenciosos e meigos. E para que o peso de sua culpa pudesse ficar mais leve, disse:

— Um alívio terão em seu sofrimento. Conservarão o poder humano da fala e cantarão as canções mais doces que na Terra já se ouviram.

Voltou então para a carruagem e rumou para o palácio de seu pai adotivo no Grande Lago, e os quatro cisnes brancos foram deixados nas águas solitárias de Darvra.

Quando chegou ao palácio sem as crianças, o rei perguntou-lhe, desapontado, por que não os tinha trazido com ela.

— Lir já não te ama — respondeu. — Ele não te confiará seus filhos, para que não lhes faças mal.

Seu pai, porém, não acreditou em suas palavras. Mandou imediatamente mensageiros a Shee Finnaha para trazerem as crianças. Assombrado, Lir recebeu a mensagem, e um terrível medo nasceu em seu coração quando soube que Eva tinha chegado ao palácio sozinha. Saiu a toda pressa, e, ao passar pelo Lago Darvra, ouviu vozes cantando uma melodia tão doce e tão tocante que ele foi forçado, apesar da pressa, a parar e ouvir. Percebeu que os cantores eram quatro cisnes que nadavam na direção dele, e que o acolheram com a voz alegre de seus filhos.

Lir ficou ao lado deles durante toda a noite. Ouviu-lhes contar a história da transformação de que foram vítimas e, quando soube que nenhum poder poderia libertá-los antes que o tempo do encantamento se tivesse cumprido, teve o coração alquebrado de dor e foi tomado de piedoso amor pelos filhos. Ao amanhecer, despediu-se ternamente e encaminhou-se para o palácio de Bove, o Ruivo.

As palavras de Lir foram terríveis, tinha o rosto cerrado quando contou ao rei o ato perverso de Eva. Ela tinha imaginado, na loucura de seu ciúme, que Lir lhe daria todo seu amor quando ficasse livre dos filhos. Agora, percebendo a ira raivosa nos olhos dele, ficou assustada, e afastou-se pálida e trêmula de sua presença. O rei, tomado de uma ira igual a de Lir, disse:

— O sofrimento dessas crianças terá fim um dia, mas para ti virá uma condenação eterna.

E a obrigou dizer-lhe em juramento qual a forma entre todas no mundo, em cima no céu, ou em baixo da terra, a mais abominável, a que ela mais temesse, para nela ser transformada. Um demônio do ar, respondeu a infeliz.

— Um demônio do ar tu serás até o fim dos tempos! — disse seu pai adotivo, e imediatamente tocou-lhe com sua vara druidica. Uma criatura horrenda para olhos humanos suportar deu um grande urro de angústia, bateu as asas negras e alçou vôo indo embora.

Depois, Bove e todo o povo foram com Lir ao Lago Darvra. Aqueles que um dia foram suas crianças amadas eram agora cisnes, que, logo que os viram, puseram-se a cantar uma doce melodia. Havia em seu canto uma força mágica que aquietava a tristeza e a dor, dava descanso a toda aflição e adormecia o cansaço e o peso do coração.

Os Danna fizeram um grande acampamento nos arredores do lago para que pudessem estar sempre perto deles. Ali também, quando os séculos foram passando, vieram os Milesianos, que sucederam aos Danna em Erin, e assim passaram-se trezentos anos felizes para os filhos de Lir.

Triste foi para eles e Lir, e para todo o povo, o dia em que se cumpriu o tempo de sua permanência em Darvra. Tinham de partir para o exílio distante de todos que os protegiam e os amavam. Os quatro cisnes disseram adeus ao pai e a todos, cantaram uma música triste, abriram as asas brancas e voaram para o mar bravio. Os homens de Erin, em memória dos filhos de Lir e da magia de sua música, estabeleceram uma lei e a proclamaram por toda a região, para que daquele dia em diante ninguém daquele reino ferisse ou matasse um cisne.

Os filhos de Lir alcançaram exaustos os penhascos recortados que cercavam o cinzento e bravio mar de Moyle, cujas ondas encapelavam-se turbulentas. Os dias que lhes vieram foram de fadiga, solidão e carência. Sentiam frio e fome. Contudo, continuavam cantando com a mesma doçura. Os sons ásperos da tempestade e o estrondo surdo das ondas contra as rochas eram atravessados da melodia penetrante e acariciadora dos cisnes.

Certa noite, uma tempestade vinda do nordeste abateu-se sobre o Mar de Moyle, e o açoitava com fúria. A escuridão densa, os granizos que caíam como agulhas de gelo e as ondas gigantescas que assaltavam a costa encheram de pavor os filhos de Lir.

Finola disse a seus irmãos:

— Meus amados, é certo que a tempestade vai nos separar. Vamos combinar um lugar de encontro, pois se não for assim, nunca mais nos veremos de novo.

Sabendo que a irmã falava sensatamente, os três irmãos marcaram como lugar de encontro o rochedo de Carricknarone.

A tempestade que se abateu no mar entre Alba e Erin foi devastadora. Nuvens negras e assustadoras escondiam a lua e as estrelas. Não havia separação entre o céu e o mar, ambos pareciam a mesma massa indistinta agitada em convulsão. Os relâmpagos que a espaços iluminavam a superfície do mar mostravam apenas fúria e destroços marítimos que a tempestade revolvia. Os cisnes, em breve, viram-se separados um do outro, dispersos no mar raivoso. Conseguiam manter-se vivos apenas com muita luta contra o vento e as ondas.

Terminada a noite tempestuosa, a manhã despontou cinzenta e triste. Finola nadou rumo ao rochedo de Carricknarone, lugar do encontro com os irmãos. Porém, não havia nenhum cisne ali, apenas gaivotas vorazes em busca dos restos deixados pela tempestade, e andorinhas marítimas que gritavam muito dolorosamente. Sentiu uma grande aflição, pois temia nunca mais vê-los. Mas logo avistou Conn chegando, tinha a plumagem em desarranjo, as penas partidas e a cabeça curvada. Depois o pequeno Ficra apareceu, todo encharcado, frio e açoitado pelo vento. Finola aconchegou os irmãos sob as asas, e assim ficaram confortados e aquecidos.

— Se Aed chegasse — ela disse —, só então poderíamos ficar aliviados.

Mal acabou de falar, viu Aed nadando na direção deles. Finola o trouxe para si, e o agasalhou junto ao seu peito de plumagem macia, e a tranquilidade voltou para os filhos de Lir.

Tiveram ainda de enfrentar muitas outras tempestades, a neve e o frio cortante de invernos cruéis. Em uma noite de janeiro, veio um frio tão severo, que até as águas do mar se transformaram em gelo. Pela manhã, os cisnes tentaram se levantar do rochedo de Carricknarone onde tinham se recolhido, mas o gelo grudara tão firme, que tiveram de deixar para trás a pele dos pés, as penas das asas, e a macia plumagem do peito. Quando o frio acabou, a água salgada era uma tortura para suas feridas. Ainda assim, cantavam suas canções intensamente doces falando da paz e da alegria que viria. Muitos marinheiros perturbados pela tempestade foram embalados por elas, sem saber quem cantava para eles canções tão magicamente acalentadoras.

Apenas uma vez naqueles trezentos anos os filhos de Lir viram alguns de seus amigos. Avistaram o grupo descendo pelas margens na direção da foz do Bann, na costa norte de Erin. Estavam vestidos em trajes galantes, com armas reluzentes, montados em cavalos brancos. Os cisnes correram ao encontro deles cheios de alegria, pois o grupo era conduzido por dois filhos de Bove. Tinham vindo com mensagens amorosas do rei dos Danna e de Lir, e os estavam procurando ao longo da costa rochosa de Erin há vários dias.

Finalmente, os trezentos anos em que tinham de permanecer no mar chegaram ao fim. Os cisnes voaram para Ivros Domnann e para a Ilha de

Glora no mar oeste. Ali suportaram sofrimentos e carências mais atrozes que aqueles que viveram no mar de Moyle.

Certa noite, a neve se acumulou sobre eles e, além do gelo, o vento nordeste os açoitava, já não podiam mais suportar. Mas Finola disse-lhes:

— Unicamente o grande Deus criador da terra e do mar pode nos socorrer, pois só ele pode compreender a dor de nossos corações. Ele nos enviará conforto e ajuda.

E, desde aquele momento, nem a neve, nem o frio gélido, nem a tempestade, nem qualquer criatura do mar profundo puderam causar-lhes mal.

Nessa época, já os milesianos tinham chegado, e um jovem fazendeiro, de nome Evric, que habitava nas proximidades de Erris Bay, soube quem eram os cisnes e os acolheu com amizade. Eles contaram sua história e ele, desde então, tomou-os sob sua proteção.

Decorridos os novecentos anos do encantamento, os filhos de Lir estenderam as asas e voaram de volta aos domínios de seu pai, em Shee Finnaha, no monte de White Field, em Armagh.

Já não existia a casa, e Lir estava morto. Não sabiam o que tinha acontecido com a vinda dos milesianos, ficaram confusos e perturbados diante do que viam: o lugar, onde antes se erguia o palácio de seu pai, estava desolado, deserto de habitação humana, ocupado apenas de pedras, ervas e urtigas que cresciam em volta. Choraram sozinhas, crianças perdidas diante de ruínas desoladas, e ali ficaram toda a noite cantando canções melancólicas que expressavam a dor de coisas perdidas para sempre.

Voaram de volta para Inis Glora, onde a doçura de suas canções atraiu tantos pássaros, que o pequeno lago recebeu o nome de Lago dos Bandos de Pássaros. Por muito tempo voaram ao longo de toda a costa do Mar Oeste, e na ilha de Iniskea mantiveram convivência com um grou solitário, que ali vivia desde o começo do mundo e ali permaneceria até o fim dos tempos.

Enquanto assim viveram, o tempo passou, chegou a Erin alguém que trouxe gratas notícias, pois São Patrick ali tinha chegado para ensinar os homens a nova religião. Com ele viera Kemoc, que fez em Inis Glora seu lugar de habitação.

Uma manhã, os quatro cisnes foram despertados pelas badaladas de um sino. Era Kemoc oficiando as matinas. Soava distante, mas foi suficiente para perceber que era um som desconhecido, pois nunca antes o tinham ouvido. Os três irmãos ficaram tomados de medo e voavam aqui e ali desnorteados tentando descobrir de onde vinha o estranho som. Quando retornaram para Finola, encontraram-na nadando pacificamente na água:

— Ouvimos um som débil e temível — falaram —, e não sabemos o que é.

— É a voz dos sinos cristãos — Finola explicou. — Em breve, nosso sofrimento terá fim.

Mais calmos com a explicação, logo que cessou o som do sino, Finola sugeriu:

— Vamos agora cantar nossa música.

Kemoc, ao ouvir a melodia maravilhosa dos cisnes, soube que não outros senão os filhos de Lir podiam cantar com tão doce e suave melodia. Foi imediatamente ao lugar onde estavam, e perguntou-lhes se eram de fato os filhos de Lir, por cuja causa tinha vindo a Inis Glora. Sim, responderam, e contaram-lhe a história comovente de suas vidas.

— Venham para a terra, e tenham confiança em mim, pois nesta ilha o encantamento chegará ao fim.

Obedeceram, e Kemoc pediu a um artífice hábil para talhar duas correntes finas; uma ele pôs entre Finola e Aed, e a outra entre Ficra e Conn, e tão felizes estavam por novamente conhecer o amor humano, e tão felizes em se unirem todos os dias com Kemoc, que a lembrança de seus sofrimentos e dores perdeu toda a amargura. As palavras de Eva tinham se cumprido em grande parte, e pouco faltava para que encontrassem a completa realização.

Decca, princesa de Munster, tinha se casado com Larguen, rei de Conncht, e quando lhe vieram as notícias dos cisnes maravilhosos de Kemoc, desejou tê-los para si. Por meio de constantes rogos, conseguiu persuadir Larguen a mandar mensageiros a Kemoc para pedir os cisnes. Quando retornaram com uma terminante recusa, o rei ficou raivoso. Como ousava um simples clérigo recusar a satisfazer um desejo de sua rainha, esposa de Larguen de Connacht! Foi ele próprio a Inis Glora exigir o cumprimento do pedido.

— É verdade que ousas recusar a fazer de teus cisnes um presente para minha rainha? — perguntou colérico.

— É verdade — respondeu Kemoc.

Irado, Larguen pegou firme a corrente de prata que prendia Finola e Aed, depois a que prendia Conn e Ficra, e os trouxe do altar para os levar a sua rainha. No momento em que o rei segurou as correntes com sua força rude, algo maravilhoso sucedeu. Larguen presenciou uma terrível transformação. A plumagem dos cisnes desapareceu e ele viu surgir diante de si uma mulher e três homens muito velhos, magros, vincados de rugas e grisalhos. Viu não a radiante forma das divindades Dannan, mas formas humanas de uma extrema velhice causada por uma longa e prolongada existência. Larguen ficou aterrorizado e correu de volta para o palácio.

Os filhos de Lir, retornados à forma humana, sentiram que a morte estava demasiado próxima, e Kemoc apressou-se em batizá-los.

— Rogo-te que nos sepulte juntos, pediu Finola.

Na vida meus irmãos amados
Em meu seio se aninharam em repouso —
Ficra e Conn sob minhas asas,
E Aed em meu peito;
Põe ambos de cada lado meu —
Próximos como o amor que me confina;
Põe Aed aconchegado em meu rosto,
E os três com os braços enlaçados em mim.
        Joyce.

Kemoc os assinalou com o batismo, e a morte os arrebatou no momento em que a água tocava suas frontes e as palavras sacramentais eram pronunciadas. Nesse momento, Kemoc levantou os olhos e viu quatro lindas crianças radiantes de alegria voando com asas brancas na direção das nuvens. Deixavam atrás de si um traço prateado. Logo desapareceram de sua vista e não os viu mais.

Sepultou-os conforme Finola desejara, levantou-lhes um túmulo e gravou seus nomes em uma lápide. Concluído o ato piedoso, cantou um lamento e rezou pelas almas puras e delicadas daqueles que tinham sido os filhos de Lir. Kemoc lamentou-os até o fim de seus dias.

Sobre a autora

Vilma Maria é formada em literatura de língua portuguesa, inglesa e russa. Nascida em Minas Gerais e filha de contador de histórias, ouviu seu pai narrar ao pé do fogo longas histórias que se imprimiram em sua imaginação. Foi essa experiência infantil que a guiou para o estudo da literatura. A vida toda votada aos livros, dedica-se a editar, traduzir e escrever.

Como editora, cuidou da organização e edição de coletâneas de contos populares russos, húngaros, chineses, ingleses, noruegueses, entre outras obras. Selecionou e organizou: *Contos de Natal* (Landy, 2005); *O Guardador de rebanhos e outros poemas: Poesia completa de Alberto Caeiro*. Fernando Pessoa. Apêndice da organizadora (Landy, 2006) e em parceria com Helena M. Uehara: *Na Boca do Povo* (Seleção, adaptação e organização de lendas e fábulas, além de outras manifestações da tradição popular brasileira, Ideia Escrita, 2008).

Como tradutora, publicou obras da tradição oral e mítica dos povos, entre as quais: *Contos de Fadas Indianos* e *Mais Contos de Fadas Celtas* (Landy, 2001 e 2002: Coletâneas organizadas por Joseph Jacob); *Mitos Universais* (Jean Lang). Apresentação, adaptação e notas da tradutora (Landy, 2002, 2003).

O Livro da Selva (Rudyard Kipling: Princípio, 1997; Landy, 2002); "Rikki-tikki-tavi". *O Livro da Selva (*Rudyard Kipling. Tradução cedida para a Editora Nova Fronteira para compor obra intitulada *Os Melhores Contos Fantásticos*, 2006);

Como escritora, dedica-se a recriar histórias tradicionais e a escrever as próprias histórias: contos, literatura infantil e juvenil, poesia e crônicas.

Publicou: *O Livro da Eterna Magia — Contos de magia e mistério da Irlanda*; *Contos de Aventura e Magia das Mil e uma Noites* (Princípio, 2007).

Coleção Vasto Mundo:
obras fundamentais da literatura universal

Fábulas
Robert Louis Stevenson

Esta é uma das obras mais originais do autor. A sua tônica picante e graciosa ao mesmo tempo atravessa os textos por vezes com irreverencia. Cada uma das fábulas expõe ironicamente certos aspectos das regras, leis, filosofias e convenções criadas pelo intelecto e cultura humanos.

O Jabuti e a Sabedoria do Mundo
e outras fábulas africanas
Vilma Maria

Cada conto leva a uma aventura rica de eventos e peripécias envolventes, que para o jovem e a criança é, a um só tempo, divertimento, experiência da linguagem e ampliação do pensamento.

O Conto da Serpente Verde
e da linda Lilie
Goethe

Este conto foi concluído em 1795. Para escrevê-lo, Goethe estudou vários textos alquímicos, cabalísticos e rosicrucianos. Esta edição inclue uma exegese de Oswald Wirth que enriquece e oferece linhas de decifração do rico simbolismo da fábula de Goethe.

Contos Populares de Angola
José Viale Moutinho
Contos angolanos do folclore quimbundo, selecionados a partir da mais vasta recolha até agora efetuada, de Hélio Chatelain, publicada em edição bilingue nos Estados Unidos, sob o título "Folk-tales of Angola".

Cinco Séculos de Poesia
Frederico Barbosa
O livro é útil tanto para o professor que almeja suprir as lacunas de conhecimento da história literária de seus alunos, quanto para o leitor de poesia. Apresenta os textos mais conhecidos e consagrados de cada autor e as suas experiências mais ousadas e criativas.

Los Moros
Uma missão gloriosa e picaresca
José Viale Moutinho
Singular romance que amplia o fascínio da narrativa na tipologia dos personagens e dos seus mitos, na força descritiva dos ambientes e da ação – nas contradições de um microcosmos de literatura mais vasta.

Próximos Lançamentos

Contos Populares de Portugal
José Viale Moutinho

O Crepúsculo Celta
W. B. Yeats